ハヤカワ文庫 SF
〈SF2451〉

宇宙英雄ローダン・シリーズ〈716〉

ヒューマニドローム

H・G・フランシス
赤坂桃子訳

早川書房
9074

日本語版翻訳権独占
早　川　書　房

PERRY RHODAN
DAS HUMANIDROM
FLUCHTZIEL GEVONIA
by
H. G. Francis

Translated by
Momoko Akasaka
First published 2024 in Japan by
HAYAKAWA PUBLISHING, INC.
This book is published in Japan by
arrangement with
HEINRICH BAUER VERLAG KG, HAMBURG, GERMANY
through JAPAN UNI AGENCY, INC., TOKYO.

目次

ヒューマニドローム

ヒューマニドローム

H・G・フランシス

登場人物

アルバート・ホルム……………宇宙エンジニア
アルミン・ホルム………………アルバートの父。大富豪
デニ・サッサン…………………アルバートの大学のクラスメート
エスマルダ………………………デニの母。秘密警察の高官
エンデハル・ロフ………………ヒューマニドロームの首席エンジニア
ザルロ・イルグリッズ…………同エンジニア。ブルー族
イカルス・ペル…………………同エンジニア。シガ星人
ワーナット・エマルゴウン……惑星アラングウシャの工場主
ガルブレイス・デイトン………最高位ギャラクティカー

1　ロクヴォルト

「気をつけて」エスマルダがこっそりささやいた。「冗談でいってるんじゃない。生命の危険だってあるから。秘密警察のスパイ二名があなたの客にまぎれこんでいるわ」

アルミン・ホルムはかぶりを振り、手をのばして彼女をそっとわきへ押しやった。

「いまは黙っていてくれ」そうたのんでから、かれは手をたたいて客たちの注意を集めた。

「男の子でした！」かれは有頂天《うちょうてん》だった。誇らしげに両手を高々とあげて、家に集まった友たちを見わたす。「アルバートという名にするつもりだ」

その場にいた男女は拍手喝采した。かれらはいま惑星ロクヴォルトで手にはいる最上の服をまとっている。

「こりゃあ驚いた」アリブ・オホラがからかった。かれは燃えるように赤いゆったりしたショールと、派手な黄色のズボン、グリーンの花模様がついたシャツといういでたち。

指には一ダースもの宝石がちりばめられたリングが輝いている。「NGZ八〇〇年七月一日に、二百歳にして息子をもうけたとは！　たいしたもんじゃないか！」

かれはワインを充たしたグラスをつかみ、メディア・マネージャーのアルミン・ホルムのために乾杯し、ほかの客もそれにつづいた。

アルミン・ホルムの前にあるテラスに通じるスライドドアが開き、テーブルにところせましとならんだごちそうを楽しむために、陽気な一同は外に出た。

エンデハル・ロフはちょっと立ちどまり、海を見やった。土地は屋敷からなだらかに海に向かって傾斜している。若芽の出た木々の下に回廊がつづいていた。回廊にはずらりと白い彫像がならぶ。テラ銀河史における重要人物の像だ。それは、富裕な惑星ロクヴォルトのなかでもアルミン・ホルムがなみはずれて豊かなことをしめしていた。水平線のかなたに、この惑星の新しい首都ロクヴォルト＝テルムが見える。

ロフは誇らしげな父親のほうを向き、かれの手をとって握手した。

「あなたの息子さんはきっと成功をおさめるでしょう」と、エンジニアはいった。

「エスマルダにたずねてみようじゃないか？」上機嫌でアルミン・ホルムが応じた。

「彼女には未来が見えると、だれもが知っている」

「いい考えですな」と、ロフ。かれは背の高い痩《や》せた男で、姿勢の悪さが目だった。ひどく前かがみで、まるで背中にこぶがあるように見える。

エンデハル・ロフは、ロクヴォルトでもっとも有能なエンジニアとして通っていた。エスマルダはブルネットのさほど大きくない女で、赤い羽根飾りのついた帽子をかぶっていた。その凝《こ》った帽子は、彼女の背丈と同じくらい大きい。

「準備はできてますよ」ホルムがなにかいう前に、エスマルダが機先を制した。「息子さんの将来がどうなるか、もちろん知りたいですよね」

彼女の目は謎めいた褐色で、大きな口はいつも笑っているように見える。その目をすり抜けるものはなにもない。彼女はだれにでもあっさり心を開く女性ではなかった。そのためにかえってまわりを魅了し、いつもとりいろうとする男たちにかこまれていた。

「おおいに関心があるよ」と、メディア・マネージャーは告白した。

「よろこんで」と、彼女。「あなたの息子さんは銀河系の広大さを知り、たくさんの未知惑星に足を踏みいれるでしょう」

それを聞いたアルミン・ホルムと客たちは黙りこんだ。

「冗談だろう」エンデハル・ロフはがっかりしたようすでいった。「なぜかれはロクヴォルトを去らなくちゃならない？　宇宙航行のことなんてだれも考えやしない。ほかの惑星がどんなようすか知りたければ、ホログラム映画を見ればいい。われわれの惑星を出る理由などないさ。ここほどすばらしい場所はないんだから」

ホルムにはわかっていた。ロフは、秘密警察のスパイ二名がもぐりこんでいることを念頭においてしゃべっている。

「それに、ひとり身の女が既婚の男性に気をつけなくちゃならない場所なんて、ほかにないわよね」エスマルダが皮肉たっぷりにいった。

アルミン・ホルムはすこし笑ってみせた。

「そうだ、息子はロクヴォルトにとどまるだろう。わたしは確信している」と、かれ。ロクヴォルトは過剰と消費欲とゆるい風紀が支配する自由な惑星だ。この惑星を出ていく可能性を好んで口にする者はいない。

「なんでかれがほかの惑星に行かなくちゃならない？」と、ホルム。「よそはことちがうとでも？」

「あなたがいいたいのは、かれにはその権利がないから行けないってことでしょう」エスマルダはほほえんだ。「だれにも宇宙航行の権利はない。数世紀前にはそうだったかもしれないけれど、その時代はとっくに過去のもの。いまではその可能性があるとにおわせているのは〝シラーダ〟だけ。もしかするとあなたの息子はそれを実現するかもね」

アルミン・ホルムは驚いて振りかえった。

エスマルダが秘密警察の存在を知ったうえで、この件を深掘りしたのでびっくりしたのだ。

「あなたはそういうが、エスマルダ」と、かれ。「わたしははっきり反論するよ。だが、この話はこうした場にはふさわしくないことに配慮してほしい」

エスマルダはかれが心配していたような発言をしようとしたが、口に出すところまではいかなかった。

ブロンドの少女がテラスに出てきたからだ。透けて見える絹のような光沢の織物を足から首まで全身にまとい、その下はなにもつけていない。金属的な光をはなつ腰のベルトから視覚歪曲フィールドが出ているので、その女性らしい特徴は、見ている者が想像力をかき立てられる程度にしかわからない。

彼女は両腕を高くあげ、ぴょんぴょん跳びはねている。

「聞いて」と、大声でいった。「話したいことがあるの」

若いいきいきとした顔が興奮のために紅潮している。ブルーの目は、恒星スカルファルの光をすべて受けとめているように輝いていた。

「なにがあったんだ、ジャニーン?」客たちが黙ると、ホルムが訊いた。

「すごいことよ」彼女は椅子にあがり、さらに食べ物がならんでいるテーブルにのぼっていった。「たったいま、テラからものすごく大事な知らせがはいったの。テラは、惑星ロクヴォルトがその富を全人類の栄光のために使うように決めたんですって」と、彼女は発表した。「ヒューマニドロームを建設するという、栄えある任務があたえられたの」

彼女の言葉に人々はアルミン・ホルムへのお祝いを上まわるような大歓声をあげた。かれがふたたび一同をしずかにさせるまでかなり時間がかかった。

「ヒューマニドロームとはなんなんだ？」かれがたずねた。

かれの問いは爆笑と喝采の両方を巻きおこした。客はだれひとりとして、ロクヴォルト人がなにを建設するのか知らなかったのだ。

「ヒューマニドロームは、巨大な宇宙ステーションよ。そのサイズの単位はキロメートル。天才たちの記念碑で、人類の発生から現在までの歴史が記録されている一種の博物館のようなものですって。テラが見積もっている建設期間は五十年！」

ふたたび歓声があがったが、こんどはひかえめで短かった。ほとんどの男女がいすにすわりこんでいる。驚きと感嘆のためにぼうっとなってしまったのだ。

エンデハル・ロフが咳ばらいし、グラスをふたつ手にとると、軽くぶつけて音を出した。一同は期待に充ちてかれに注目した。かれが高位のエンジニアだということは全員が知っている。

「親愛なるみなさん」と、かれ。「わたしはすでにかなり前からヒューマニドロームのことは知っていました。ネーサンと協力して二年以上もヒューマニドローム・プロジェクトにたずさわっていたのですから。ネーサンとわたしがこの計画をたてたのです」と、かれは打ちあけた。

だがその先をつづけることはできなかった。拍手喝采の嵐が巻きおこり、男も女も歓声をあげてかれのまわりに殺到したからである。

「ヒューマニドロームはどんな外見なんだろう?」アリブ・オホラが人々の頭ごしに叫んだ。

「着工はいつ?」と、アルミン・ホルム。

「なぜわたしはなにも知らせてもらえなかったの?」エスマルダが金切り声をあげた。

「これが友情ってものなの？　あなたはわたしのビジネスをめちゃくちゃにした!」

人々は笑った。

エンデハル・ロフは制止するように両手をあげ、しずかになるのを待った。

「わかってほしい」と、かれ。「これ以上はいえない。どの程度漏らしていいのかわからないんだ。その前にまず政府と話さないと」

かれはもったいぶって両手を組んだ。

「それにわたしはもう失礼しないと。政府がこの知らせを惑星全体にひろめると思いますよ。どの町でも集会が開かれて、わたしのような者が人々に説明するでしょうから」

「だからこそ、あなたを行かせるわけにはいかないよ!」アリブ・オホラが叫んだ。

「あなたがいてくれれば、質問ができるから」

「ヒューマニドロームはともかく巨大なんです」と、エンジニアは答えた。「銀河の記念碑をつくるんですから。人類の歴史で、これまでにこれほど大きく、美しい建造物をつくった者はいません。ヒューマニドロームは惑星ロクヴォルトのまわりをつねにまわります」

かれはほほえみながら両腕をひろげた。

「われわれは誇らしく思っていいんです。すべての文明化惑星が、われわれに驚嘆の目を向けるでしょう！」

かれの言葉は熱狂的な歓声を呼び、アルミン・ホルムは給仕ロボットを呼んだ。

「もっと飲み物が必要だ」と、かれは主任ロボにいった。「きょうは客をぐでんぐでんにさせるぞ」

エスマルダが近くにきたとき、かれは若い女性たちとしゃべっていた。

「クリニックに行ってきたの？」と、彼女はたずねた。「息子さんをもう見てきた？」

アルミン・ホルムはほほえんだ。

「おいおい」と、かれ。「父親になるのは八回めだよ。だからクリニックに駆けつけるほどじゃないさ」

「そうすべきだったわね」と、彼女。「そうじゃないと息子さんを見るチャンスは二度とないだろうから」

「どういう意味だ？」動揺してかれがたずねた。「そんなことをいうなんて、不適切じやないか？」

「ちょっと」と、彼女はかれをうながした。「見せたいものがあるの」

彼女はテラスから家にはいり、サロンを横切って、かれのヴィデオ図書館にはいった。ここには未知惑星の記録映画数千本のコレクションがある。なかには銀河系の外にある惑星の録画もたくさんあった。

道化《どうけ》師のような派手な服を着た二名の男が、室内にはいってきた。かれらは秘密警察の矢印形のシンボルを見せるために、袖をまくりあげた。

「なんです？」かれが不機嫌な顔でたずねた。「なぜそんなことを？」

「そうしなくちゃならないことを、あなたがいちばんよく知っているでしょう」エスマルダがかれにいった。彼女の目から光が消え、巨大な帽子の羽根が揺れている。「ボディーチェックして！」

ホルムが目をむいた。

「エスマルダ……あなたが？」つっかえながらかれがいった。

「そう……わたし」彼女が肯定した。

「あなたが秘密警察に？　信じられない」

「そんなのどうでもいいわ」と、彼女。警官二名に対する態度から、彼女は人々から恐れられている警察でも高い地位にいるらしい。

「あなたは友だと思っていた」

「わたしの成功の秘訣はそういうところにあるの」彼女は皮肉たっぷりに答えた。メディア・マネージャーが手錠をはめられるさまを、冷静に見ている。フォーム・エネルギーでできた見えないバンドでかれの両腕は背中側で縛られた。

アルミン・ホルムは青くなった。額には玉の汗。

「わたしをどうするつもりなのか？」と、かれはたずねた。

彼女がかくしボタンを押すと、棚のひとつがわきにスライドした。その先でリフトの扉が開いた。秘密警察の二名はホルムをちいさなキャビンに押しこみ、かれにつづいた。

「ほかになにか知りたいことはある？」反重力フィールドでキャビンが下降しているあいだに、エスマルダがたずねた。

「ない！」

「あなたがこれほどおろかだとは思わなかったわ」彼女がいった。「この惑星でもっともリッチな男のひとりで、贅沢三昧《ぜいたくざんまい》の暮らしをしていたのに、法律をやぶるなんて」

キャビンが停止し、ドアが開いた。警官二名はメディア・マネージャーを丸天井のあるひろい地下室に押しこんだ。

転んだアルミン・ホルムは、エスマルダに助けられて立ちあがった。彼女はホルムの命を奪うものがあるところまでかれを連れていった。

「これがなにか、わかる？」と、彼女。

かれはなにもいわない。

「わざといわないのね」彼女はさげすむような表情になった。「じゃあ、いう手間をはぶいてあげる。あなたは死刑よ！」

彼女は警官たちのほうを向いた。

「証拠品を押収して、かれを拘留して。上のパーティのじゃまはしないように。わたしはまた上にもどるわ。ヒューマニドロームのお祝いはしないとね。ホルムはクリニックに行ったということにしておく」

「いつなんだ？」アルミン・ホルムは絶望感に襲われてあえぎながらいった。

彼女はほほえんだ。

「いつ絞首刑になるかってこと？」彼女は帽子の位置をととのえた。「かなりはっきりしているわ。くつがえす余地のない証拠品があるから。審理はあと一時間ぐらいではじまる。十分もかからない。それから処刑までも十分ほど。当人はとっくに死んでいるのに、客たちはまだあなたのお祝いをしているってわけ！」

アルミン・ホルムはなにもいいかえせなかった。

女は笑っている。

「かれを連れてって！」と、彼女は命じた。「やっとパーティにもどれるわ」

2 ヒューマニドローム

「わたしがどんなによろこんでいるかわからないでしょ」と、デニ・サッサンはいった。「同じ歳の若者のなかで最高の人！ 大宇宙エンジニア、アルバート・ホルム、鼻高々になりすぎて、わたしを見くださないでね」

かれは笑って、陽気なブルーの目をしたブロンドの少女を抱きよせた。

「そんなわけないさ」と、かれ。「デニ、きみこそ、ぼくがどんなによろこんでいるかわからないだろう。本当はクールでいなきゃいけないんだろうが、きょうは無理だよ」

「クールになんてしてられないわ」と、彼女はいいかえした。「あなたのクラスメートたちとお祝いをしなくちゃ。いつ出かけるの？」

「ぼくがヒューマニドロームにいつスタートするのかってこと？ ぴったり二十時間後さ。正直にいえば、ぼくはみんなといっしょじゃなく、きみとふたりでお祝いしたいよ」

かれは彼女を抱きしめ、ふたりはロクヴォルト＝テルム大学のキャンパスをあとにした。アルバート・ホルムはほんのちょっと振りかえった。大学の建物がとくになつかしかったわけではない。壁のモルタルはぼろぼろとはがれ落ちている。何世紀もの使用に耐える材料でつくられたという話なのだが。

「ぼくがどんなによろこんでいるか、きみにはわからないだろう！　ちょうど自分の誕生日に試験を受けられるなんて」

　彼女はほほえみながらかれを見あげた。

「いまから二十五年前、ヒューマニドロームを建設することが発表され、惑星ロクヴォルト全体がお祝いしたのね」舗装を突きやぶって数メートルにわたって顔を出している木の根の上を歩きながら、彼女がいった。こうした損傷は町のいたるところで見られる。荒廃をとめられないという事実に、人々は慣れてしまっていた。

　かれは暗い顔になった。

「二十五年前のきょう、父は処刑されたんだ」と、かれ。

「そのことは考えないで」あわてて彼女がいった。父親のことを考えて、愉快な気分がだいなしになるのを心配したのだ。

「父のことを恥じている」と、告白した。かれは二メートルを超すほどの長身で、非常に痩せていた。ブロンドの髪をきちっとうしろになでつけ、首のうしろで編んだ腕ほどの太さの髪は、背中まで達している。彫りが深いその顔が曇った。「父は裏切り者だったから」

「なにをしたの？」と、彼女がたずねると、かれはかぶりを振った。

「それは話したくない」

ごみだらけの道を歩いて反重力ステーションに行き、かれらはほかの男女数名とともにバスを待った。

「まだ時間がかかるみたい」若い女がいった。すり切れた服を着ている。「反重力システムが故障したので、バスが二台も動かなくなったっていう通知がいまあったから」

「交換部品がないのね」と、デニ。

アルバート・ホルムは雲ひとつない空を見あげた。ヒューマニドロームのことを考えているのである。

「犠牲は不可欠だわ」と、若い女がつづけた。「ヒューマニドロームを完成させるために、わたしたちはもっと犠牲になる覚悟をしなくてはね」

反重力バスがきた。一メートル半の高さを浮遊して近づいてくる。ドアがひとつ欠けているが、待っていた者たちはだれひとりとして気づかなかった。かれらはもう慣れっこなのだ。

「天気がこのままもてば、今晩はヒューマニドロームを見られるかもしれない」と、アルバート・ホルム。

「この数カ月で雲がない日ははじめてかもね」デニが半信半疑でいった。

ふたりは乗車し、ロボットの操縦スタンドのうしろにすわった。上方にスクリーンがある。政府のスポークスマンが、ヒューマニドロームの第二十六工期の資金に充当するため、消費税をあげなければならないと告げている。

バスが駅ではないところで停車した。アルバート・ホルムはある建物の近くに警官数名が立っているのを見た。そのうちのひとりが通行どめの看板をかかげている。エンジニアは下車してその警官のところへ行った。

「なにがあったんですか？」かれはたずねた。

警官は森のなかにある建物をしめした。

「テロリストだ」かれがいった。

「シラーダですか？」

「そうだ」と、警官。「シラーダのテロリストだ。かれらが議事堂を襲撃し、代議員四名が殺害された。自動消火装置が作動して、建物の炎上は防げたが」

「なんのために？」ホルムは当惑していった。「テロリストたちの目的はなんなのでしょう？」

「ヒューマニドロームさ」と、警官が答えた。「かれらは工事をやめさせようとしている」

「理解できない」と、ホルム。「ロクヴォルトにとって名誉なことなのに、そいつらはそれをだいなしにする気なんだろうか」

*

　スペースフェリーがロクヴォルトの大気圏を出てすぐ、アルバート・ホルムははじめてヒューマニドロームを見た。もっとも、展望室のガラスごしだから、その構造物を一瞬見られたにすぎない。かれ以外にも百名以上のエンジニア、機械工、設計者が窓に殺到した。かれらは、ロクヴォルトのホロラマ・ステーションがヒューマニドロームをほぼ毎日とりあげているのに、実物を前にして好奇心でいっぱいだったのである。

　それは交差しない無数の平面からなる構造物だった。ホルムは、距離がはなれているふたつの帽子が、たがいの〝つば〟の部分で接しているようだと思った。そのふたつの帽子には、無数の空洞と通廊があるらしいが、これらがどのようにのびているのかは、肉眼では確認できない。たくさんのカラフルな線によって目がまどわされてしまうため、全体的にかなり混乱して非現実的な印象だ。ホルムはふと四次元の迷宮のことを考えた。実際、ヒューマニドロームで行方不明者が出たというニュースがしばしば報じられているほどである。

　若いエンジニアのホルムは群衆をかきわけ、展望室を出た。自分の場所にもどり、クッションつきのシートにすわって、この先の自分の課題に神経を集中する。

かれの大学での研究は、すべてヒューマニドロームを想定したものだった。理論面ではこの宇宙構造物をかれほど知りつくしている者はいない。だから、最初からなんの助けも借りずに内部の勝手がわかるだろうと確信していた。

　かれは葛藤している。最初の数週間はまたたく間にすぎて、ヒューマニドロームの現実の姿を知るのに充分ではないかもしれない。だがその一方で、ロクヴォルトにもどる日ができるだけ早くくることも望んでいる。彼女の母親の反対を押しきってでも、デニと結婚したいからだ。

　デニのために使える時間は二週間。その後、またヒューマニドロームにもどり、三カ月滞在することができる。

　ほかの客も展望室から自分の席にもどり、数分後にスペースフェリーはヒューマニドロームに到着した。スピーカーの声がフェリーから出るようにうながしている。

期待でいっぱいになってアルバート・ホルムはヒューマニドロームにうつった。巨大なサイズの格納庫を通ってなかへはいる。カラフルなたくさんの線がドーム形の天井へのびている。そのためにホールの天井は実際よりも高い印象だ。

　箱形の建物のあいだを通って、ホルムは自分の宿舎にたどりついた。それがどこにあるのか、だれかに訊く必要もなかった。目を閉じてでも行けただろう。一年以上前からこの経路を予習していたからだ。

かれはよろこびのあまり舞いあがっていた。これまで経験したことがないほどの高揚感だ。

「どうしたっていうの？」若いブルネットの女がおもしろがってたずねた。「まるでクリスマスとイースターがいっぺんにきたみたいじゃない」

「気持ちがたかぶっているんです」それですべて説明がつくといわんばかりだ。

「おかしくならないでね」彼女が冷静にいった。「ここには仕事をするためにきているのよ。お遊びじゃないから」

「わたしはそれを両立できます」

「脳天気な人」彼女がからかいぎみにいった。「ここの日常があなたをうろたえさせないといいんだけど」

＊

突然、アルバート・ホルムは自分がどこにいるかわからなくなった。

唖然として振りむく。かれは卵形で壁が十字の模様でおおわれている部屋にいた。探るように両腕をのばし、パニックをコントロールしようとこころみる。

すこし前、かれはヒューマニドロームの無数にある通廊のひとつにいた。設計図を読みながら赤いハッチに近づき、そこを通過したのだった。目をあげると通廊とハッチが消え、この部屋にいたのである。

「クールに！」と、声に出して自分にいいきかせた。「まったくふつうのことだから。おまえはべつの次元にはいりこんだんじゃなく、エンジニアのロフが設計した天才的なお遊びにひっかかっただけだから」

その言葉は驚くべき効果があった。音波が壁に作用して振動が起きたらしい。声を出すたびにたくさんの膨《ふく》らみができ、それぞれがちがった動きを見せている。

「なにもなかったかのように、先へ進め」かれはそれをすぐに実行した。「ヒューマニドロームは人類の敵であるはずがない。それになにかあったら、ピココンピュータで助けを呼べるんだから」

かならずしもそうでないことを、かれは知っていた。過去二十五年間に男女数名が失踪している。かれらだって中央シントロニクスに連絡しようとしたにちがいない。だがなんらかの理由でそれができなかった。それに、説明のつかない現象も起きていた。かくたる証拠はないのだが、公式にはシラーダ組織がかんでいるということになっている。

三歩進んだだけで、周囲の環境が変化した。かれは思わず叫んでしまった。らせん状に深淵へとつづくパイプにいたからである。両手を凹凸《おうとつ》のある壁に突っぱってからだを支えようとしたが、目に見えない障害物がじゃまをする。

驚くべきことに、深淵に猛スピードで降下している感覚なのに、かれのからだは加速しなかった。むしろゆっくり落ちている感じで、壁面のリブをつかめるような気すらする。

「クールになれ」かれは大声で自分にいいきかせた。大学で学んだことを思い出せ。

「なぜ冷静さを失う？　大丈夫じゃないか！　こんなハプニングがあったぐらいで驚いていいのか」

直径が百メートルほどもある中空の球体に滑りおちたかれは、笑った。だがその上機嫌も長くはつづかなかった。

空間の中央で、三体の人影のようなものが浮遊している。それらはゆっくりと回転していて、かれは三名が鼻から出血しているのに気づいた。目は閉じている。一名は長身の痩せた人間で、もう一名はブルー族。かれの肩に最後の一名がひっかかっていた。シガ星人だ。

みな死んでいるのだろうか？

無重力状態のなかを漂いながら、ホルムはかれらに接近。

「エンデハル・ロフだ」と、声がした。

そのエンジニアは鼻ばかりでなく、口と耳からも出血し、口を開けて呼吸している。ホルムは名札を見て、ブルー族はザルロ・イルグリッズ、シガ星人はイカルス・ペルという名前だと知った。

ホルムは手首に装着していたピココンピュータのスイッチをいれ、医療班を呼んだ。

　連絡してから二分もしないうちに医療ロボットが駆けつけ、負傷者たちを引きうけてくれた。

「なにがあったんだ？」と、ホルムは質問した。

　医療ロボットたちはそれに答えず、三名を運びだした。アルバート・ホルムはしばらくかれらを見送っていた。エンデハル・ロフに会ったのははじめてだ。

「最初で最後かもしれないな」考えこみながら、かれはいった。惑星ロクヴォルトの住人二万名以上がヒューマニドロームの内部、またはその関連で働いている。そうした状況で首席エンジニアに会えるとはとても思えない。

　だがそれはかれの思いちがいだった。

「ロフがあなたと話したいそうです」翌日、かれが食堂にすわって魚を食べているときに、ロボットがきてそう告げた。

　ホルムは魚をわきに押しやった。ぼうっとした状態で立ちあがり、ロボットのあとにつづいた。いろいろ想像したが、うれしい招待でないことだけはたしかだ。

　ホルムがはいっていくと、エンデハル・ロフはぜいたくな調度のかれの住まいのシートに腰かけていた。

「すわったままで失敬」かれは若いエンジニアに挨拶した。「まだ本調子ではないのでね」

かれはもうひとつのシートをしめし、ホルムはそこにすわった。

「まずは命を救ってくれてありがとう」と、ロフ。「爆発があったんだ。だれかがわれわれの近くに爆薬を置いた。シラーダかもしれん。さいわいにも点火が早すぎたので、爆発するまでに数メートルほどはなれることができた」

「シラーダですか」ホルムがうなった。「またあのテロ組織が！　シラーダがなにをねらっているのか、わかればいいのですが」

「二十五年前からかれらはヒューマニドロームの建設を妨害している」と、ロフ。「大きな損害をくりかえし引きおこしているのだが、建設工事を妨害したり、ストップさせたりはできずにいる。だがきのうから様相が変化した。被害は甚大で、どのように対処すべきなのかいまのところわたしにもわからない。とくに問題なのはシントロニクスの部品だ。必要な交換部品をどこから入手したものか。今回、シラーダは目的を達成したことになる」

「わたしはシラーダについてまったく知りません」若いエンジニアは告白した。「その名称がなにを意味するかすらわからないほどで」

「正確なことはわたしにもわからん」と、エンデハル・ロフが応じた。「わかっているのは、この名称が古代テラの言語からきているということぐらいだ」

「ご無事でいて、とてもうれしいです」と、ホルム。それが正直な気持ちだった。かれは首席エンジニアを尊敬していたのである。

「きみはアルバート・ホルムという名前だそうだな」と、ロフ。「アルミン・ホルムの息子か？」

「そうです」かれは押し殺した声で答えた。「父のことは話したくありません。父は一族の恥ですから」

「きみは、なぜお父さんが刑を宣告されたか知っているのか？」

「どのような犯罪をおかしたかは知りません。興味もありませんし。くつがえす余地のない証拠があったというだけで充分ですから」

「きみはこの件を記憶から排除しようとするばかりで、克服しようとしないんだね」と、ロフ。「だがそうすべきだ。わたしはご両親を知っている。きみが生まれた日、わたしはきみの両親の家にいた。きみの父親はすばらしい男だ」

　アルバート・ホルムは動揺した。

　ロフは父親の話をするためだけに呼びつけたのか？　ホルムは母親から、一家がかつては豪勢な暮らしをしていたことを聞いていた。だが刑が執行され、すべてが終わった。資産は没収され、若い母と子は親戚の家にかくまってもらった。

「きみに提案がある」首席エンジニアはつづけた。「わたしにはアシスタントが必要だ。他惑星にいっしょに行き、ヒューマニドロームに必要で、ロクヴォルトでは手にはいらないものを購入するためにね」

「わたしがあなたと航行するんですか？　ほかの星系へ？」アルバート・ホルムは当惑した。

　宇宙航行は、かれがヒューマニドロームへくるフェリーで得た経験をしのぐものではあるまい。人類が銀河の無限の深淵へと突きすすんでいったという話は、これまで噂で聞いたことはあった。ホログラム映画で見た惑星に行きたいと思ったこともたしかにあった。だが真剣にそう思ったかというと、そうでもない。

　いつの日か、地球からすべての生命体が出ていくときがくるかもしれない、そうかれは考えた。そのときには、すくなくとも一定期間は、銀河系のさまざまな惑星に移住できるように宇宙を航行することになるだろう。

　だが、銀河系の境界の向こう側にある宇宙空間について、アルバート・ホルムは考えたことがなかった。考えるだけでも時間のむだじゃないか。銀河の外にはなにも存在しないことなど、どんな子供でも知っている。防御壁の外側のほかの銀河と球状星団にいたすべての生命体は、大宇宙カタストロフィの混乱のなか滅亡した。ギャラクティカムの責任者たちが決心して銀河系を完全に封鎖しなかったら、銀河系諸種族も抹殺されていたことだろう。

　その責任者というのは、ワリンジャー教授、ホーマー・G・アダムス、ガルブレイス

・デイトンらである。銀河系諸種族が生きのびられたのは、かれらのおかげだ。その名前は忘れられていない。

ジェフェリー・アベル・ワリンジャーはもういない。研究者ならではの衝動に駆られ、この天才的科学者はカタストロフィ後すぐに防御壁を突破して向こう側に飛行し、そこで身を滅ぼした。似たような運命にホーマー・G・アダムスも苦しんだ。かれももう生きていない。

「さて?」と、エンデハル・ロフ。「わたしはきみの答えを待っているのだが!」

首席エンジニアはかれを罠にかけようとしているのか? かれの国への忠誠心をためそうとしているのか?

「なぜわたしなのでしょう?」アルバート・ホルムはたずねた。

「きみがすぐれたエンジニアだからさ」ロフが答えた。「きみの資料をとりよせたんだ。成績はトップだった。それにきみはわたしの命を救ってくれた。こういうかたちですこしでも謝意を表したい。くわえて、きみはアルミン・ホルムの息子だ。若い女性がやってきて、テラはわれわれロクヴォルト人にヒューマニドローム建設という名誉ある使命をあたえたと告げたとき、わたしはきみのお父さんの家にいたんだよ」

「われわれは志願したんですか?」ホルムがたずねた。

「いや、直接志願したわけじゃない」世紀の建造物の建設を主導するエンジニアが答えた。「考慮の対象となったのは銀河系の豊かな惑星のうちのごく少数だ。ロクヴォルトはそのひと握りの豊かな惑星に属していた。われわれは当時、惑星ペンデグを僅差で打ちまかした。でもあとになって、ヒューマニドロームを建設するにはわれわれのエネルギーと資力を総動員しなければならないとわかったんだよ。これまで人類は、これほどの建造物をつくったことがなかったからね！」

「ヒューマニドロームのためでしたら、どのような犠牲も惜しくありません」ホルムはすかさずいった。

「そうだ」と、ロフが同意した。突然かれの目が狂信的な色を帯びた。「それが妥当な唯一の真実だ。まちがいない。ではわたしの質問にもどろう。きみは同意してくれるか？」

「ヒューマニドロームの繁栄に役だつことでしたら、なんでもする覚悟です」アルバート・ホルムはきっぱりと宣言した。

「いいだろう」首席エンジニアはうなずいた。「一時間後にロクヴォルトに飛ぶフェリーに乗れ。きみのデニのために数時間ある。それからわたしはきみに連絡し、スタートする時間を伝える。シラーダの襲撃は、ヒューマニドロームの建設費用を決定的に引きあげただけじゃない。われわれは他惑星から材料を調達しなければならなくなった」

アルバート・ホルムが立ちあがり、ドアのほうに向かったが、そこで立ちどまってもう一度振りかえった。

「デニのことを知っているんですか？」かれは驚いていた。

「きみの資料を読んだといっただろう」エンデハル・ロフは目をちょっと細めてかれを見た。「きみは彼女のお母さんのことを知っているのか？」

「ほんのすこしだけ。お母さんはエスマルダという名です」

「エスマルダ」と、首席エンジニアは反復した。

ホルムは笑った。

「彼女は将来を見ることができるといわれています。でもそんなはずないじゃないですか。彼女は愛すべき人です！」

「そうか、そうか」ちいさな声でロフがいった。「愛すべき人だとはね」

ホルムは軽く会釈して、急いで部屋から出た。

3 ペンデグ

「他惑星から材料をとりよせる必要はないと思うのですが」カスガン星系の惑星ペンデグに近づいているとき、アルバート・ホルムがいった。かれはエンデハル・ロフとともにふたり用のキャビンにすわっている。内部にはシート二脚、テーブルひとつ、ドリンクバアと若干の通信機器があるだけだ。「必要なものは、自分たちの手でぜんぶ製造できるんじゃないんですか？」

「残念ながらそうはいかない」と、首席エンジニアが答えた。「ロクヴォルトの景気はここ数年でひどく悪化している。以前にシントロニクスの部品を製造していた企業は、倒産してしまった。だから必要な部品をほかの惑星で入手できるか調べなければならない」

「われわれがペンデグでぜんぶ調達できるかどうかは、たしかではありませんよね？」

「まったくわからない。さいわい、動物と植物、それに動植物の中間的存在の輸出によって、わが惑星はまだ充分な利益をあげている。だからヒューマニドロームの部品を購入するために必要な外貨はある」

アルバート・ホルムはシートのクッションに沈みこんだ。外貨がいつか不足する可能性についてはひとまず考えないことにしよう。ヒューマニドロームでの作業が、ある日突然ストップするなんて想像できない。むしろ飛行目標のことを考えよう。ペンデグ到着を前に、かれは信じられないほどわくわくしていた。ロクヴォルトと同じように、星がまばらな銀河系の側肢に位置する酸素惑星なのだから。

夢を見ているようだ！

ほんの数日前につくられたように真新しい、直径百メートル超の球型船に乗り組んでいるなんて。しかもかれの横にはロクヴォルトでいちばん有名な男がすわっている。

ホルムは、大学に新しいシントロニクスが設置されることになった当時のことを思い出した。すっかり準備がととのい、学生たちは最初の研修を終えていたというのに、財源が準備できないという理由で納入が見送られたのである。メディアでは大学が優先されると報じていたのに、資金はヒューマニドロームのために使われた。

数日たって学生たちは知らされた。エンデハル・ロフが横槍をいれ、その財源を自分と自分の建造物のために要求したのだと。

若きエンジニアは、大学でペンデグ人について聞いた話を思い出した。

かれらは、ずぬけて活動的だというのだ。ロクヴォルトとほぼ同じ長さの歴史があるこの惑星の住人にかれは感心した。ペンデグ人は非常に労働意欲がある。その経済はうまくまわっていて、銀河系全体でもっとも効率的な惑星に数えられる。これほど外縁に位置していなければ、この惑星はおそらくいまよりもっと重要な役割をはたしていたことだろう。二十五年前、われわれはペンデグ人にからくも勝利した。ギャラクティカムがわれわれにヒューマニドローム建設の任務をあたえてくれたのは、まれに見る幸運だった！

「着陸する」と、エンデハル・ロフ。「十分後にわれわれは宇宙船を出る。よく目を開けて見ておけ。わたしはエンジニアとしてのきみの専門知識が必要だ。それをきみが実証できれば、二週間後にオリンプに同行してもらう」

「オリンプですか？」ホルムは驚いた。「あなたはすでにたくさんの惑星に行ったことがあるんですね？」

「ああ、そうだよ」

「地球にも？」

「むろんそれはないさ」

アルバート・ホルムは地球についてたずねたのを悔いた。首席エンジニアの表情が変わったからだ。エンデハル・ロフはふさぎこみ、かれの問いで気を悪くしたようだった。

前方の照明がともり、ソフトな女性の声が座席から立ってエアロックに向かうようにもとめた。ペンデグに着陸したのだ。もっとも、ちいさな乗客用キャビンからではそれはよくわからなかった。

かれら二名はフォーム・エネルギーでできた透明なトンネルを通って宇宙船を出た。

「ちょうど二十時間で着いたことになります」ホルムは驚いた。「これほど早く到着できるとは思いもしませんでした」

ロフは微笑した。

「いやかなりゆっくりだよ」と、かれ。「もっと高性能の宇宙船なら、五時間で到着するさ」

アルバート・ホルムはどう考えたらいいのか、わからなくなっていた。いずれにしても、かれはわくわくしながらペンデグを見た。ここの者たちはヒューマニドロームのことをどう思っているのか？　ロクヴォルトをうらやんでいるのだろうか？　それともおのれの富にひたって満足し、豊かさよりも栄誉に価値を置く者たちを見くだしているのだろうか？

かれらはとくに取り調べを受けることなくチェック・ポイントを通過し、自動装置で換金し、乗車券を買ってモノレールに乗りこんだ。

エンデハル・ロフは黙っている。なにか問題があって、それについて考えているようなので、ホルムはじゃまをしないようにした。窓ぎわにすわって期待して見ていたかれは、贅沢三昧の暮らしをしている惑星のはなやかさを思いしらされた。

だが、がっかりしたわけではない。モノレールは宇宙港駅を出て、きちんとして清潔な工業施設を通って進んでいる。施設はほんの数時間前に建設され、まだ稼働していないかのようだ。

ロクヴォルトも前はこうだったにちがいない、とホルムはほんのすこしうらやましくなった。

モノレールは高速で数分ほど森をはしりぬけ、それから駅でとまった。制服を着た乗務員が列車から降り、ボックス形の自動装置に近づいた。鍵で開けると、モニターに年配の男の姿がうつしだされた。

「なんでしょうね?」と、ホルム。

エンデハル・ロフが顔をあげた。

「ああ、なんでもないさ」と、かれは答え、ポケットからメモ帳を出してなにか書きつけている。

ホルムはモニターの前の男がボタンを押して一連の質問に答えているのを見ていた。スクリーンにはくりかえしグリーンの点があらわれる。たぶんすべて正常というサインだろう。

この手順が五分ほどつづいた。それから制服の乗務員はふたたび乗車し、モノレールは発車したが、十分ほどしてまた停車した。また乗務員が降りて、自動装置の前で質問に答えている。

「あれはどんな意味があるんでしょう？」ホルムはいらいらしてきた。かれはからだをわきによせ、沿線がどうなっているか見てみた。赤く光るフォーム・エネルギーのバリアが走行をさまたげている。

「ごくふつうの検問さ」と、首席エンジニア。

ホルムが目を凝らして見ると、列車の乗務員は前と同じ質問に答えている。かれらのほかに車内には男二名と女三名がいた。かれらは遅延を気にしていないらしい。

アルバート・ホルムはおとなしくして、興味津々《きょうみしんしん》なのがばれないようにした。だが次の十五分間でバリアを三カ所通過し、まったく同じ手順がくりかえされたときに、かれはとても冷静ではいられなくなった。そうするうちに、大きな都市に近づいた。緑豊かな風景にかこまれた町で、周囲には塔のような山がいくつもそびえている。山々の斜面はびっしりと植物におおわれていた。無数の色とりどりの花が咲きほこっている。

「信じられないような眺めじゃないか、え？」と、エンデハル・ロフ。「ラックスはわたしが知っているうちでもっとも美しい町だ。ただひとつ気にいらないのは、いきすぎた官僚主義だ」

ホルムはかれに同意せざるをえなかった。この町は信じられないほど美しい。ほとんどの家はいくつかある湖のほとりに集まっていた。

質問をしようと思っていたそのとき、突然大きな音がして、それから先のことはスローモーションのようだった。かれはシートから振りおとされ、前へ投げとばされた。だが瞬間的に反重力加速ダンパーにキャッチされたので、ことなきを得た。進行方向と反対にすわっていたために、シートの背もたれの向こうにずり落ちたロフも同様だった。

ホルムは窓の前でなにかが光ったのを目撃し、大きな爆発音を聞いた。ガラスが割れ、どこかで女が叫んでいる。

反重力フィールドが、扉の手前半メートルのところでかれを受けとめた。ロフの隣りでかれはゆっくりと床に沈みこんだ。どこかにつかまり、早く立とうとするがうまくいかない。エネルギー・フィールドのほうがずっと強力だったからだ。

ついに両足で立てたかれは、振りかえってロフを見た。首席エンジニアは額から出血していたが、それ以外は大丈夫らしい。

列車の先頭に銃弾が当たっていた。針のように細いエネルギー・ビームが窓ぎわをすばやくはしり、それから大爆発の影響で列車が振動した。

遠くで警報のサイレンがとどろいている。

「シラーダだ」ロフが当惑と怒りのまじった声でいった。「ここにもいるのか」

アルバート・ホルムは列車から出て、攻撃をしかけてきたテロリストたちに突進せんばかりだった。かれらがしたことは、銀河系諸種族の利益に反している。ギャラクティカムに反逆しているのだ。かれらにそれをする資格はない、とかれは思った。

ロフがかれを制止した。

「おちつくんだ」と、ロフは警告した。「こういう連中を軽く見てはいけない。殺人もしかねないやつらだ」

かれはホルムの腕をつかみ、はなさなかった。

「シラーダがわれわれに暴力をくわえずに引きあげ、なにごともないことを祈るのみだ。だがそうだとしても、危険が去ったわけではない。つねに冷静さを失ってはいけない」

黒いグライダーがスタートし、たちまち加速。木々をかすめるようにして飛び、塔のようなかたちの山々の向こうに消えていった。

エンデハル・ロフはドアを開け、外を見た。

「早く」と、ホルムとほかの乗客たちに声をかける。「急ぐんだ。下車しないと。車輛が燃えている」

レールは地上二メートルの位置にある。かれらは草地に飛びおり、列車から二十メートルほどはなれた。ほかの車輛の乗客たちもくわわった。操縦席が燃えている。ホルムは乗務員と、もうひとりのやはり制服を着た男がレールの横の草地に横たわっているのを見た。ふたりとも亡《な》くなっている。テロリストたちはかれらを撃ったのだ。

「こんなこと、許せるもんじゃない」ホルムが憤激していった。「警察がシラーダをけちらしてくれればいいのに」

「現時点では、とてもそうはいくまい」と、ロフ。「それに将来的にもかれらに対してなにかできるとは思えない。もう二十五年以上もかれらはいて、そのあいだずっと、警察はかれらの追跡に関して成果をあげていないに等しい」

何機もの警察グライダーと消防列車がやってきた。反重力ベルトをつけた警官たちがグライダーから飛びおり、乗客たちをかこんだ。警官は手に武器を持っている。ロボットが消火にあたった。

赤毛の男がエンデハル・ロフに近づいた。

「第七条b、第十八条c、第三十三条vを例外とする過激派法に関する付則五および七の拡張条項第十二条、第百二十四条、第二百三十八条に関する補遺としての例外規定にもとづき、あなたを逮捕する」かれは棒読みするようにいった。部外者にはおおよそ理解不能なこの文章を、かれは何度も読みあげてきたらしく、その内容はもうどうでもいいらしい。

数秒後、ほかの役人がアルバート・ホルムにも同じことをいった。フォーム・エネルギーでかすかに光るシリンダーがおりてきて、かれを持ちあげ、町へと運んでいく。シリンダーは非常にせまく、ホルムはなかでほとんど動くことができなかった。かれはほかの乗客も同じようにして移送されるのを目撃した。

シリンダーは大きな建物の屋上に降下。そこには何十もの開口部があった。いずれもシリンダー一本がちょうどはまるサイズだ。

ホルムはパイプ内を浮遊して、ちいさな部屋にはいった。黒髪の女が木製の簡素な椅子にすわり、やはり簡素なデスクの上にはさまざまな書類の山がいくつもある。

シリンダーがとけてなくなり、ホルムは自由になった。

「やれやれ」と、かれは安堵の息をついた。「シリンダー内は快適とはいえませんでしたよ。でも危険な状況から安全に逃れさせるためには、この方法しかなかったんでしょうね」

かれはほほえみながら彼女を見た。

女の目は氷のように冷たかった。

「個人データを」彼女が要求した。

かれはIDカードを出し、彼女はそこに書かれているデータをのろのろとすべて書きうつした。鉛筆を使っている。

ホルムは自分の目を疑った。

なぜシントロニクスを使わない？　すべて登録されているであろうコンピュータにIDカードを挿入するほうが、ずっと楽だろうに。

彼女はカードをデスクの外側の角すれすれのところに置いた。

「個人データを」彼女がふたたびいった。

「もうわたしましたよ」かれはすこし腹をたてて、カードを指さした。

彼女はグリーンの用紙を出し、自分の前に置くと、鉛筆をとってよそよそしい態度でかれを見た。

「ちょっと待ってください！」かれが抗議した。「わたしはシラーダではない。襲撃の被害者です。なぜ聴取するんですか？　わたしはペンデグにきた客なのですから、相応のあつかいをするように要求します。もしも襲撃されなかったら、とうに自分のビジネスにとりかかれていたのに」

彼女は用紙の記入欄にいくつかチェックマークをつけた。

「個人データを」まただ。彼女は冷淡で、D等級のロボットのようにそっけない。

「アルバート・ホルムだ」かれはいやいやいった。

「生年月日は？」

かれはため息をつき、おとなしく彼女がもとめるデータをいった。エンデハル・ロフがいったことが思い出される。

冷静さを失ってはだめだ。

彼女は尋問をつづけ、かれについてすべてを知ろうとした。両親についてたずねただけでなく、かれらの経歴もだ。そこで父は病気で死亡したといって、すぐにしくじったと気づいた。彼女の探究心が完全に目ざめてしまった。かれの父親の死因となった病気についてすべて知ろうとする。とくにその病気が遺伝性か、すでにかれ自身がその症状を呈《てい》しているかを知りたがった。

アルバート・ホルムは深く考えずに答えてしまった自分を呪った。とっさにほかに思いつかず、かれは死因として急性腎不全をあげた。だがこの病気について彼女が思いつく質問すべてに答えられるだけの知識がかれにはないことは明らか。

「ちくしょう！」一時間にわたって休みなく尋問をうけたかれは、不意にそういった。「父はわたしが生まれた日に亡くなったんだ。それにわたしは医師じゃない。この病気についてなにも知らない。いいかげんやめてくれないか？」

かれはドアのところまで行って、開けようとした。

「わたしがやめると決めたときが、この面接の終わるときです」女が明言した。「それとドアは外側からでないと開けられません。すわって！」

かれはしたがった。

「あなたのお母さんが職業研修を終えたときの成績は？」女がたずねた。

「もういい！」ホルムが叫んだ。「わたしは被害者で、犯人じゃないということが、なんでわからないんですか？　どうして犯罪者みたいにあつかわれなければならない？」

彼女は無表情なままかれを見ている。はなった言葉は彼女にぶつかって跳ねかえってきた。

「よく聞いてほしい」かれはうめくようにいった。「わたしはここで重要な買いつけをするためにペンデグにきたんです。首席エンジニアは、膨大な金を用意しているといっていた。でもこんなあつかいをうけるんなら、どこかほかの惑星に飛んで、必要な資材をそこで調達しますよ」

「その件は、あとで訊きます」そういって、彼女はべつの用紙の山をしめした。「ひとつひとつの質問を慎重に進めていきます」

「頭がおかしくなりそうだ」かれはうめいた。「あなたはなにが重要なんですか？」

「わたしは規則を遵守《じゅんしゅ》しているだけです」と、彼女は応じた。

「あなたのおろかな規則は、犯罪の被害者を不当にあつかえと定めているんですか？」

「交通法第二百四十三条第四項は、ＮＧＺ七六五年の運送法第二十七条第七項および第四百八十九条および……」

アルバート・ホルムはもう聞いていなかった。かれは目を閉じ、壁によりかかっていた。こんな状況にはとても耐えられそうにない。

女は数分間も法律とその条項を引用していたが、かれはほとんど理解できなかった。しかし、要求された答えをしないと罰せられることはたしかだ。それを裏づけるために、彼女はまたしてもいくつもの条項を列挙した。

「弁護士を呼んでもらいたい」と、かれ。

彼女は無言で立ちあがり、ドアをノックした。

「弁護士を要求しています」開いたドアの向こう側にいる、ホルムからは見えないだれかに彼女はいった。

　日に焼けた男の手が二本あらわれ、数センチメートルの厚さがある書類の山をわたした。彼女はそれを受けとり、デスクの上に置いた。

「弁護士が必要ならこの書類に記入してください」と、彼女は説明した。「そのためには、自分で弁護費用を支払えるという証明が必要なので」

「それなら弁護士はあきらめます」

彼女は無表情な顔で立ちあがってドアのほうに行き、またノックした。

「かれは考えを変えたそうです」ドアが開くと、彼女はそういった。

男の手がもうひとつの書類の山を手わたした。彼女はそれをデスクの上に置いた。

「一度弁護士を要求し、それからやめた場合、この用紙に記入をお願いします」と、彼女。

　アルバート・ホルムは両手を顔に押しあて、背中をあずけていた壁からへなへなとくずおれて、床にうずくまった。

正気を失いそうで恐い。

＊

「首席エンジニアのエンデハル・ロフと話をしたい」数時間にわたって証人として聴取をうけてから、ホルムは疲れはてていった。

彼女が立ちあがってドアのところへ行き、一山の書類をもらってきても、かれはもう驚かなかった。

「個人データを」デスクにもどってきてから彼女がいった。

「アルバート・ホルム」かれは答えた。

「あなたのではありません」と、彼女が訂正した。「首席エンジニアのエンデハル・ロフに関するすべてのデータが必要です」

この苦しい取り調べから救いだしてくれるのは首席エンジニアだけだ、とホルムは確信。首席エンジニアについて知っていることはすべて述べた。すると女は立ちあがり、部屋を出ていった。数分でもどってきた彼女はデスクの前にすわり、非難するような目でかれを見た。

「われわれはエンデハル・ロフに尋問しました」と、彼女。「かれもあなたの父親について証言しました。あなたの父親は尿毒症で亡くなったのではない。処刑されたんです。

それを知っていて嘘の証言をしましたね。故意の虚偽証言に関する補充法第七百二十九条第五項……」

「ストップ！」かれは大声でいって、自分が知らない法律や条項の列挙をとめさせようとした。「そうです。父は処刑されました」

彼女は山から用紙を一枚引っぱりだし、これまでほかのすべての用紙に記入したのと同じ個人データを、また忍耐強く記入した。そのあいだにかれは考える時間ができた。自分は決定的なミスをおかした。彼女かほかのだれかが書類を分析したら、かれが父親から犯罪者の素質を受けついだと考えかねないのでは？　そこからシラーダとつながりがあるという結論を導きだしたりしないか？　だれかがかれは襲撃の被害者ではなく共犯者だと推測しないだろうか？　かれらから見て、かれが父親の死についていつわりの証言をする理由がほかにあるだろうか？

アルバート・ホルムは自分が絶望的なまでに矛盾にからめとられていく危険を感じていた。

ペンデグのことをどう考えたらよいのか、もうわからない。この無意味な事情聴取はなんのためにある？

彼女はようやく書き終わり、目をあげた。

「冷静にやりましょう」と、かれはいった。「話しあいは終わりました。用紙を用意してくれますか？」

「なんのですか？」びっくりして彼女がたずねた。

「わたしの上司と話がしたいんです」と、かれは説明した。「でもそのためには申請が必要ですよね。それともわたしの思いちがいでしょうか？」

「いや、まちがっていません」と、彼女は答え、立ちあがって記入用紙を数枚持ってきた。あくまでも冷静だ。ホルムには理解しがたい忍耐強さで、彼女は新しい申請用紙に個人データを記入した。それからかれは署名し、彼女は部屋を出ていった。

二時間後、白髪の太りぎみの男がはいってきた。諦念が顔に出ている。ほうれい線が深く刻まれていた。両肩にそれぞれ七本の赤い線がついたグレイの制服をまとっている。

「わたしはベルナ・アドリアンだ」と、自己紹介し、親しげにほほえんでいる。「すわってもらえないのは申しわけないが」

「条項により禁じられているんですね」ホルムが憶測でいった。

「そのとおり」と、かれ。

「そうでなければ、わたしのほうが驚きます」

アドリアンは両手をデスクに置いている。その目はあたたかな光を帯びていた。ホルムはこの男は好感がもてると感じた。父親のようだ。

「あなたにとってわが惑星はばかげたことだらけだろうな」と、アドリアン。「あなたは列車の襲撃事件を解決するために、このめんどうな官僚主義的な手つづきがとられたと理解していない」

「ええ」と、ホルム。「わたしの理解をこえています。とくにわからないのは、ある程度の検査が必要だろうと思われるところで、官僚主義的でないことです。たとえば宇宙港。自動販売機で手にはいるチケットでペンデグにはいれるなんて」

「まあ、遅かれはやかれ官僚主義は顔を出す。あなたがないことに気づいた検査はいずれ行なわれるわけで。官僚主義はわれわれみなにひどい嫌悪感をいだかせている。あなただけじゃない。信じてくれ、われわれだっていやだと思っているのさ。それに多くの資料が閲覧できない状態だ。わたしだってできるならあなたを釈放したい。だがそれができないんだ。わたしに適用される規定というものがあり、それを遵守しないと立場があやうくなる。このたくさんの書類のなにかをないがしろにしたら、その責任を問われる。それでわけのわからない書類のやりとりがくりかえされるってわけさ」

「もう一度いわせていただきますが、わたしはビジネスをするためにペンデグにきたんです。首席エンジニアのエンデハル・ロフとわたしは、相当な量の注文をする予定でした。でもこんなふうでは、われわれはなにも買わずにペンデグを去ることになりますよ。もう、うんざりです」

かれは人差し指で鼻の下をこすった。

「それはわかる」と、アドリアン。「ペンデグにきて腹をたて、二度となくなったビジネスマンはほかにもいる。とても残念だ」

「残念だ、じゃないですよ。わたしをこのばかげた官僚主義から解放してください。そうしたらすべて忘れますから」

役人は悲しげにほほえんだ。

「それはできないよ。わたしは法律を守らなければならない」

「ここの立法機関はどうなっているんです？」ホルムは驚いて訊いた。「まさか頭がからっぽなのでは」

「多くの法律はネーサンが起草し、われわれの議会がその案を可決する」

「ネーサンに逆らって、無意味な条項を拒否したりはしなかったと。もっとも、銀河系の支配者と対立したくはないですものね」

ホルムは緊張してきた。だれが銀河系の支配者なのかかれは知らない。相手がそれについてなにかいってくれないだろうか。だがそうはいかなかった。

「われわれが論争しても意味はない」老人がいった。「官僚主義は生活領域のすべてにおよんでいる。ボタンひとつ買うのだって、古いボタンがどうなったのか、申請書に事前に記入してくわしく説明しなければならない。官僚主義はすべてをおおっている。この数年、状況はさらに悪くなった。正直にいうが、あなたたちに大口の購入ができるなんてとても思えない」

「そんなことがあるでしょうか。だれだって商売をしたいのでは。ペンデグだって輸出をしなければならないはず。だからお役所だって、われわれが買い入れをすると知ったら力のかぎりサポートするのが当然だと思いますが」

「超法規的措置を行なえる役所はない」と、老人。

ドアが開き、ホルムを前に尋問した女がはいってきた。

「エンデハル・ロフが、次の宇宙船でペンデグを去ることを申請しました」彼女は上司に伝えた。「ホルムを同行させたいとのことです」

「いつです?」ホルムはたずねた。「いつスタートできるんですか?」

「二時間後です」と、彼女。「申請は受理されました。もうこの先は大丈夫です。宇宙船でペンデグにきた他惑星からの訪問者に関するNGZ六七七年の訪問者法第二十四条第十二項、それに六二一年の伝染病予防法第七十七条第……」

「すばらしい!」ホルムは叫んだ。突然、重力から完全に解きはなたれたようなほっとした気分だ。「二時間後ですか？　信じられない」

4 アラングウシャ

ペンデグを出てからの数週間で、アルバート・ホルムは首席エンジニアと四つの惑星を訪問した。これらの惑星のいずれでも、必要なシントロニクスの部品は調達できなかった。だがエンデハル・ロフは落胆しなかった。ホルムが驚嘆したほどの冷静さで、かれはサッソウサに向かった。テラナーが入植しているもっとも近い星系である。

「第三惑星はアラングウシャだ」この星系にはいったとき、かれが説明した。かれらが乗っている貨物船の船内はかなり原始的で、異国の植物油を積んでいた。船長によると、この貨物はオリンプ向けとのこと。そこからどこに運びこまれるかは、かれも知らない。それはセラミックスの機械に必要なテクニカルオイルだった。

　ふたりは司令室の隣りのキャビンにいた。ここにはさまざまな通信機器や探知機器がある。要員が機器類を操作するためにたびたびやってくる。

「このあたりに飛散しているというハルト船の残骸に気をつけるように警告されました」と、そのうちのひとりがいった。

「まだなにも見つかりませんが」

「難破船は三百年以上前からこのあたりをさまよっているらしい」と、エンデハル・ロフ。「それがどこなのか、徐々にわかってもよさそうなものだが」

アルバート・ホルムは学校でハルト人について学んだことを思い出した。それによれば、宇宙セクターのハルタはＮＧＺ四八五年に封鎖ゾーンになった。ハルト人は、すでにラール人危機でもそうだったように、銀河系の表舞台から姿を消していた。

しかし、しばらく前から大学の学生たちのあいだでは、この説明は事実に即していないのではといわれていた。実際にはハルト人たちは稲妻にやられたらしい。聞くところによれば、ギャラクティカムはこれを秘密にして、ギャラクティカーの士気が低下しないようにした。稲妻のようなエネルギー放射により全惑星を殲滅《せんめつ》したその未知の力は〝電光〟と命名された。

ホルムはこの考えを押しのけた。大学ではいろいろな噂があった。一部の学生は、過去三百年の歴史についてつねに新しい主張をいいふらすことを楽しんでいたふしがある。

ホルムはこうした学生の言動と距離を置いていた。人類の歴史は体系的にねじ曲げられていると主張する一部の学生の冷笑的なコメントにもなじめなかった。伝えられているペリー・ローダンの運命が顕著な例だ。

公式にはペリー・ローダンはＮＧＺ四九〇年に銀河系にもどったが、ペルセウス・ブラック・ホールに突入して、犠牲的な死を遂げたことになっている。

アルバート・ホルムはこの説明は不可解だと思っていた。とくにしっくりこないのがローダンの動機だ。未知のウィルスに感染してうつ状態におちいり、ついには自殺をしたというのである。だがそれは、ローダンがそうした感染から守ってくれる細胞活性装置を持っていることと矛盾する。

ホルムはこれ以上考えないことにした。かれはエンジニアで、正確な科学を重んじている。

宇宙船はアラングウシャに着陸した。船長が乗客に別れを告げにきた。

「むだなことには首を突っこまないようにしてください」と、かれはいった。「時間はかぎられていますからね。わたしは四週間後にきて、数時間だけここにいます。その時間内にあなたたちの貨物を積みこまなければなりません。それができないようなら、貨物なしでスタートします。それ以外の選択肢はありません。なにしろその次にもうかる仕事がひかえているのでね」

「わかった」と、エンデハル・ロフ。「すべてを最善のかたちでととのえるから、大丈夫」

船長はエアロックのハッチを開けた。冷たい風が吹いてくる。かれらは反重力スロープを通って舗装された着陸床におりたった。真っ赤な髪の大男が待っていたが、歓迎するようなそぶりはまったく見せていない。

男は身長が二メートル以上あり、すり切れた革のズボンをはき、上半身は腰から胸までブルーの布を巻きつけていた。肩と両腕はむき出し。長い赤毛がびっしりと生えていて、もじゃもじゃした毛皮のような印象だ。

「わたしはエンデハル・ロフです」と、エンジニアが自己紹介。かれは寒さで身震いし、帽子をかぶっていた。「こっちは助手のアルバート・ホルム」

赤毛の巨人は黙って踵《きびす》を返し、宇宙港の建物に向かった。建物は手入れがゆきとどいている感じだが、残念なことにガラスが二枚割れている。

赤毛の男は建物にはいり、だれもいないチェックイン・ホールを通りぬけた。各種窓口はみな閉まっている。エンジニア二名は無言の導き手のあとにつづき、舗装された広場に出た。旧式の反重力グライダーが駐機している。

ロクヴォルト人二名の前方には平坦な森が、雪におおわれた山々の地平線までのびていた。木々のグリーンのあいだから、建物の屋根が点々と見える場所がわずかにある。それがこの土地が開発され、住人がいることの唯一のしるしだ。

赤毛の男はグライダーの操縦エレメントの前にすわり、エンジニア二名が後部座席にすわるまで黙って待ち、それから機をスタートさせた。

グライダーは高速で飛行し、数分後には長くのびた工場の近くに着陸。

赤毛の男がグライダーから降り、力強い足どりで工場のドアに向かった。雨が降りはじめたが、それにはおかまいなしだ。かれはロフとホルムがやってくるまでドアの前に立ちつくしていた。雨滴が顔をたたき、寒さが服の下まで忍びこんできたので、かれらは急いだ。

「わたしの名前はワーナット・エマルゴウンです」建物にはいると、赤毛の大男がようやくいった。「この工場はわたしのものです」

エマルゴウンは大きなドアを開け、かれらを一室に案内した。そこからはガラス製の保護壁ごしに工場ホールが見わたせる。かれらの目前には、きらきら輝くシントロニクス部品の製造工場があった。設置したばかりのようで、摩耗の痕跡などみじんもない。

「すばらしい」エンデハル・ロフはそういって、ほっとひと息ついた。「こういうのを見たかった」

「ただちょっとした問題がありまして」と、赤毛。

「なんだ？」エンデハル・ロフはすでに水を得た魚のようだ。問題のひとつやふたつ、かれにはたいしたことではないのである。

「工場が稼働していないんです」ワーナット・エマルゴウンが打ちあけた。

首席エンジニアは感電したように身をすくませた。

「なにがどうしたって？」かれは抑揚のない声でたずねた。

「ですから、工場が稼働していないんです」エマルゴウンはしょんぼりとうなだれている。「何年も前から」

「なぜだ？」ロフが質問した。「注文がなかったということか？」

「施設のどこかの部品がたりなくて」と、大男が答えた。指で髪をかきあげている。

「どの部品かはわかりません。アラングウシャでそれがわかる者はいません」

「こうした工場には専門のロボットがいる」と、首席エンジニア。「かれらをなぜ使わない？　ロボットはどこだ？」

「あそこの制御パネルのところです。二体います。かれらは工場の保守作業をしていました。でもある日、突然に働かなくなり、それ以来とまったたままです」

かれはロフを懇願するような目で見た。「あなたはこうしたことに多少通じているのでは。工場がまた稼働するように手助けしてくれませんか。またお金を稼げるように」

　ロフは製造工場を指さした。

「なかにはいらなければならない」と、かれ。「だがそれには防護服が必要だ。わたしはちりを持ちこむわけにはいかないんだ。そうじゃないとこっちが責任を負えないほどの損傷を引きおこすことになる。どこかにエアロックはあるのか？　防護服は？」

「わたしもなかにはいってなんとかしようとしましたが、だめでした」と、ワーナット・エマルゴウンは白状した。「防護服は着ませんでしたが、それで施設を損傷したりしていません。あなたもそのままはいればいいのでは」

エンデハル・ロフは絶望のあまりうなった。

「よくもまあ、そんなおろかなことができるもんだ！　そんなことはちいさな子供でも学校で習うだろう」

「アラングウシャには学校がありません」と、赤毛。「何百年も前から」

アルバート・ホルムは男の腕に手を置いた。

「読み書きはできますか？」と、かれ。

ワーナット・エマルゴウンは絶望的な顔でホルムを見た。訪問者の質問の意味がわからないのは明らかだ。

「できないということだな」首席エンジニアはため息をついた。「どうやってこの工場の持ち主になったんだ？」

「父から相続しました。父はそのまた父親から」

エンデハル・ロフは、いつまでもそうした問答にこだわったりしない実務的な人間だった。

「よし、われわれが工場をまた稼働させよう」と、かれは宣言した。「数日かかるか、数週間かかるかわからない。しかし、時間は問題じゃない。重要なのは、われわれが早急に必要としている部品をここで調達できるかどうかだ。同時にそれはあなたたちを助けることにもなる」

かれはにやりとして、赤毛の男の髭《ひげ》をつかみ、ぐいと引っぱった。

「ただひとつだけ、注意してもらいたい！　なかにはいるな！　専門家だけがはいれる。しかも防護服を着用しなければならない。わかったか？」

「はい、わかりました」大男はもごもごとそういって、突然ロフの前にひざまずいた。

「あなたがきてくださったことを、神に感謝します」

首席エンジニアはかれに、立ちあがって工場の製造施設以外の部屋を見せるように命じた。ワーナット・エマルゴウンはそれにしたがった。かれの印象は一変した。ホルムが思うに、その前にかれがぼんやりしたり黙ったりしていたのは、不安だったからなのだろう。

ロフはすべての部屋をチェックし、ホルムに、これからの修理過程でなにをしなければならないかを説明した。

「まずはロクヴォルトと通信できるようにしてくれ！」と、かれは命令した。「この作業はわれわれだけではできない。イカルス・ペルとザルロ・イルグリッズをできるだけ早く呼びよせないと。ふたりはたよりになるスペシャリストだ」

「こっちにこられる宇宙船があるんですか？」ホルムがびっくりしてたずねた。

「ロクヴォルトからかれらを乗せて宇宙船がスタートできるように、あらゆる手段をつくしてもらわないと」首席エンジニアはきっぱりといった。「費用は問題じゃない。この二名が必要だ。そうでないとヒューマニドロームの建設作業が数年は遅れてしまう」

「宇宙港にはハイパーカム・ステーションがあると思います」ホルムがいった。「でも今後数週間、宇宙船が到着する予定がないのであれば、ステーションは無人かもしれません」

　ロフはかれの肩をつかんだ。

「いいかよく聞くんだ、お若いの」と、威嚇《いかく》するような口調だ。「わたしがイカルス・ペルとザルロ・イルグリッズをここに呼べといったら、きみは万難を排してかれらを呼ばなきゃならんのだ」

「つまり……いざとなったらステーションを自分で動かせと？」

「そのとおり！　よく考えろ。アラングウシャには何百年も学校がないのだったら、ハイパーカムを操作できる者はいない。たぶん命令にしたがうロボットはあそこにいるはず。われわれの思うように動かないようだったら、ロボットを締めだせ」

　アルバート・ホルムはワーナット・エマルゴウンを見た。

　赤毛の大男はにやにや笑って、うなずいている。

「びくびくしないでください」と、かれ。「そのために何人か殴りたおさなくてはならなくても、わたしは工場を再稼働させたいです」

＊

　アルバート・ホルムはとある農場の上空を飛んでいるときに速度をゆるめた。時間が迫っているにもかかわらず、宇宙港に向かうのに遠まわりをしたのだ。ロフだったらおそらく怒るだろうが、そんなことはどうでもよかった。かれは冒険をする前に宇宙港の周辺をよく見ておきたかったのだ。

　農場は驚くほどひろかった。手入れのいきとどいた畑で、無数のヒューマノイドが働いているのが見える。かれらは後頭部が妙にとがっていた。

「あれはだれなんです？」かれは無関心な表情で隣りにすわっているワーナット・エマルゴウンにたずねた。

「ドロナッツです」さげすむような口調だ。「奴隷ですよ」

　アルバート・ホルムはあっけにとられてかれを見た。最初は冗談かと思ったが、このアラングウシャ人の粗野な顔には微笑のかけらすらない。

「奴隷？」かれはたずねた。

「もちろんです。かれらがいなくちゃまわっていきません。それともわれわれが自分でやれとでも？　無理ですよ」

　グライダーは畑から百メートルの高さを飛行していた。ホルムは大型の機械が耕地やその周辺に放置され、錆《さ》びついているのに気づいた。

「あの機械はどうなっているんだ？」

「もう動かないんです。どうやって修理したらいいのか、だれも知りませんから」

エンジニアはふたたびグライダーを加速し、宇宙港をめざした。ここで起こっていることが現実だとはとても信じられない。かれは学校で、人類が入植している惑星は、どこも同じような高水準の技術と文明を有していると教えられていた。

アラングウシャに学校がないとはどういうことだ？　もしも数日前にそんな話を聞いたら、かれはまったくナンセンスだととりあわなかっただろう。

「なぜロフはこの惑星にきたのだろう？」と、ホルム。「あなたはどうやって注文をとったんですか？」

ワーナット・エマルゴウンはにやりとした。

「首都のワ＝ワ＝タウルで……」と、かれはその町がある南の方向を指さした。「〝プロ〟に金《きん》をわたしたら、かれがわたしの商品を売りに出してくれるんです。大型コンピュータに入力して」

アルバート・ホルムは理解した。

話はかんたんだ。アラングウシャにはほかの多くの惑星同様、ハイパー送信機と接続しているシントロニクスのセントラル・ユニットがある。このコンピュータは、だれかがハイパー通信で問い合わせをすると、一定の周波数で商品あるいはサービスの提供ができる。ワーナット・エマルゴウンは、市場の適正価格がわからないから、おそらく自分の祖父が製造工場を稼働させていた数十年前の価格をそのままつけたのだろう。エンデハル・ロフはヒューマニドロームのかれのコンピュータでその提供を見て、ほかのどこよりも有利なのでそれに飛びついたのだ。

たしかにここをあきらめて、ほかの惑星で運だめしをすることはできる、とホルムは考えた。しかし、第一に、適当なルートの宇宙船がくるまでに数週間かかるかもしれない。それに第二に、ここにとどまって修理作業をするほうが、さらに移動をつづけるよりもずっと安くてすむ。

「奴隷たちはどこからきているんですか？」と、かれはたずねた。

「森からですよ」赤毛の男はばかにしたようにいった。「原始的な連中で、サルと変わりません」

ホルムはそれをすぐに信じる気にはならなかったが、さらに質問することはひかえた。かれの任務は、世紀の大傑作であるヒューマニドロームの完成に寄与することだったから。

宇宙港はなにも変わっておらず、貨物船はスタートしたらしい。氷のような風が建物のまわりを吹きぬけ、枯れた葉を巻きあげている。

ホルムは入口のすぐ横に着陸し、グライダーを降りると、上着の襟を耳まで立てて、チェックイン・ホールに急いだ。赤毛の男もついてきた。かれは寒くないらしく、ゆったりと歩いている。

パイプ型のロボットが窓口に沿って移動し、埃《ほこり》を吸いとり、伸縮式のアームでガラスを拭《ふ》いている。

「なかに侵入して、封鎖されている設備を無理やり使用する前に、まずはアラングウシャについてもっと知っておかないと」と、かれはいい、横にいる赤毛の大男に問うような視線を向けた。「どこかにインフォメーション・センターがあるだろうか？」

ワーナット・エマルゴウンは黙ってラウンジに通じるドアをしめした。透明なガラスの扉の向こうにコンピュータ・スタンドが見える。稼働しているかどうか疑わしかったが、かれはそこに行き、すぐに自分が悲観的すぎたとわかった。ドアが開き、スタンドのモニターのスイッチがはいったからである。若い女性の映像があらわれた。親しげにエンジニアにほほえみかけている。

「アラングウシャへようこそ」と、彼女。「この惑星ですばらしい日をおすごしください。わたしたちはたくさんのものをご提供できます。アラングウシャには高度に発達した経済と豊富な商品がございます。さまざまなレジャーもお楽しみいただけます。南部の景色のすばらしさは、銀河系全体に知れわたっています。銀河系のあらゆる場所から休暇をすごすためにお客さまがおいでです」

それはもう使いものにならない昔のプログラムだった。

ホルムはいくつかボタンを押して、さまざまな情報プログラムを呼びだした。アラングウシャの人口は八億人らしい、いや八億人だった。人口の大部分は惑星の南半球の大陸に住んでいた。騒音の負荷をできるだけ減らすため、宇宙港は北にある。そこから惑星のすべての都市に反重力軌道の接続があり、すばやく移動できる。

ホルムはデータを疑った。宇宙港までの飛行中、かれは何十機もの反重力グライダーが野外に放置され、錆びているのを見たのだ。

アラングウシャは、かつては輝かしい未来の可能性をほこる惑星だったかもしれない。でもいまは死にゆく惑星だ。

「どうして学校がないんだろう?」エンジニアが質問した。

ワーナット・エマルゴウンはどうしようもないという顔で肩をすくめた。

「わかりません。学校は禁止されているんです」

学校を禁じることでだれが得をするのか?

ホルムはわからなくなってしまった。

「だれかがあなたたちを組織的にだめにしている」と、かれは断じた。「あなたたちの敵はだれなんです?」

「われわれに敵はいません」と、赤毛の大男は主張した。手の甲で口をなで、おちつかないようすで足踏みしている。エンジニアの質問がこたえたのだ。アラングウシャについてよく知らないことが、ばれてしまったのだから。

「なんの意味があるんだろう」と、ホルム。「それで得する者などいないだろうに」

「父は戦争があったといっていました」ワーナット・エマルゴウンはぽつりとそういってから、頭をかいた。「でもだれがだれと戦ったのか、わからないんで」

「奴隷と関係があるのだろうか？」

赤毛の男はかぶりを振って否定した。

「いや、父がいうにはかれらは宇宙船できたそうです。ドロナッツは宇宙船なんぞ持ってません」かれは笑った。「反重力飛行もできないんですから」

「シラーダについては聞いたことがあるのか？」エンジニアはふと思いついてたずねた。

エマルゴウンはかぶりを振った。

「だれのことです？」

ホルムはラウンジからドアの向こう側に行った。このドアの先は、一般客は立入禁止になっている。

「そのことは、もういい！」と、ホルム。

かれはわかってきた。いつだかわからないものの、かつてアラングウシャでは軍事対決があったのだ。その結果、かれらは経済的にも文化的にも没落した。住人に対する復讐行為か？　だが、だれが？

　かれはドアをなんなく開け、通廊をへてハイパー通信ステーションへ。ステーションには大きな黄色の文字で表示があった。

「あなたたちを支配している勢力があるんですか？」と、かれはたずねた。

「とんでもない」と、赤毛は不機嫌そうだ。「アラングウシャは自由惑星です。われわれに干渉する権力はありません。テラの連中ぐらいですよ」

　ホルムは〝テラの連中〟についてくわしく質問はしなかった。どうせ満足のいく情報は得られないだろうから。

「とまれ！」金属のような響きの声が命じた。

　ホルムはゆっくりと振りかえった。ロボット一体が近づいているのを見ても、驚きはしなかった。ロボットは直立した円錐台のような外見で、ちいさな車輪で移動している。背中からアームが一本のび、それがサソリの尾のように前を向いている。三つの鉤爪のあいだで放射フィールドがほのかに光っていた。

「宇宙港のこの領域はスタッフしか立ち入れません」と、ロボット。「不法侵入者はもれなく追いだすように命じられています」

「もしもわれわれが出ていかなかったら？」ワーナット・エマルゴウンが興奮してたず

ねた。かれはロボットに一歩近づき、両手を威嚇するようにあげた。

「残念ながら暴力にうったえることになります。あなたたちをパラライザーで倒さなければなりません」

アルバート・ホルムは右足のブーツを脱いだ。

「心配ない」と、かれ。「この領域にはいってはいけないことを知らなかったんだ。規則に反するつもりは毛頭ない」

「ロボットが不安なんですか？」赤毛の男は不思議がり、笑っていった。「わたしがパンチを一発食らわせば、あいつなんてスクラップですよ」

エンジニアはブーツをロボットに投げ、そのレンズに命中させた。かれはワーナット・エマルゴウンを右手でわきに押しやり、ロボットに突撃して倒した。壁のほうに向いたアームからうすいブルーのエネルギー・ビームが発射される。ビームは壁の被覆を破壊した。

ホルムはひざまずき、すばやくロボットの背面のフラップを開けてスイッチを切った。

ワーナット・エマルゴウンは髭の生えた顎をこすっている。

「パンチをするところまでいきませんでしたね？」

かれは数平方メートルほど溶けて大きな穴が開いた壁を見た。ロボットに攻撃でもされたら、生きのびられなかっただろう。

ホルムはロボットの武器アームをはずし、それを使ってハイパー通信室にはいるドアを開けた。

「パラライザーじゃなかったんだ！」

ほかの場所と同じようにこの区画も非常に清潔だ。保守ロボットは施設がまれにしか使われていないのに作業をつづけていた。たとえこの惑星に人類がいなくなっても、かれらは管制棟の建物とそのすべての装置を何十年も掃除しつづけるだろう。かれらは充分なエネルギーが供給されているかぎり、任務をはたすのだ。

エンジニアはハイパー通信装置を調べ、使用可能であることがわかった。装置の誤作動を防ぐための安全装置をこじ開け、機器類のスイッチを入れる。ヒューマニドロームに直接交信をこころみたが、それもうまくいった。即座に反応があったのである。デニ・サッサンの顔がモニターにあらわれた。

「デニ？」驚いてかれは叫んだ。「ヒューマニドロームでなにしてるの？」

「バート！」彼女もかれと同じくらい驚き、よろこんだ。かれがハイパー通信で連絡してくるとは思っていなかったのだ。「きのうからヒューマニドロームで働いているの。エンデハル・ロフのもとめで」

もっとくわしく話したかったが、アラングウシャのどこかでアラームが作動していることはたしかだ。すでに治安当局が宇宙港に向かっていることも考えられる。

「手短かにいうね」と、かれ。「ハイパーカムのところでつかまったら、命があぶないから」

彼女は驚いてかれを見たが、説明を不必要に長びかせるような質問はしなかった。

「イカルス・ペルとザルロ・イルグリッズをアラングウシャに送りだしてほしい」かれはつづけた。「ロフがかれらを必要としている。費用は問題じゃない。その責任はかれがとるといっている。一刻も早く出発してほしい」

「でもどうやって行くの？」

「なにか思いつくさ！」かれはすまなそうに片手をあげた。「これで切らないと」

「気をつけて」と、彼女。「また会いたいから。元気でね！」

かれが会話を終えようとしていたとき、彼女がイカルス・ペルを見つけたと興奮して伝えた。

「かれは隣りにいる」と、彼女は叫んだ。「すぐに話せるわよ」

そのシガ星人がモニターに登場するまでに数秒しかかからなかった。かれはカメラのレンズのすぐ前に立ったため、顔が画面いっぱいにうつしだされた。にたにたして右のこぶしを突きあげ、同時に左のてのひらで右の二頭筋をたたいている。

「ハロー」と、かれ。「やっとあなたの歴史的行為にわたしの祝意を表明できるよ」

「歴史的行為？」ホルムはめんくらってたずねた。「なんのことですか」

「あなたはわたしを救った」と、シガ星人はいった。「そのことはヒューマニドロームの本に刻まれるだろう」

「時間がないんですが」と、ホルムはかれの饒舌《じょうぜつ》をさえぎった。「当局はわたしがこのハイパーカムを使用することをたぶん認めていません。かれらがそれを申しわたしにくる前に、わたしはここから消えたいんです」

「わかった。で、なんの用ですかな？」

アルバート・ホルムは説明し、かれを急《せ》かした。イカルス・ペルはちょっと横を見て、それからうなずいた。

「あなたのすてきなお嬢さんがシントロニクスに問い合わせをしてくれた」と、かれ。「大丈夫、われわれは行く。そっちへ行くための宇宙船を見つけだすから。そっちの滞在がすこしは快適になるように、デニも連れていこうか？」

かれはまたにやにや笑って振りかえり、映像から消えた。

ホルムはスイッチを切り、録音されたやりとりを消去して、痕跡をのこさないようにした。

「ここから出るぞ！」かれは、事情がよくわからないようすの赤毛の男にそう叫んだ。「これ以上いたら危険だ」

かれらは走って反重力グライダーにもどり、スタート。ふたたびホルムが操縦した。かれは近くの川をめざし、機体を水面ぎりぎりまで降下させて川に沿って飛行した。滝があらわれた数秒間は、機体をカモフラージュできず、ホルムはグライダー数機が高速で宇宙港に接近しているのに気づいた。それでも発見されずにすんだ。

アルバート・ホルムは興奮状態におちいり、赤毛の男の工場に到着したときにもそれがまだおさまらなかった。

かれはヒューマニドロームに奉仕するために、罪をおかしてしまった！　数日前には想像できなかった域へと、大きく踏みだしてしまったのである。

5　ガルダン

かれらが宇宙港に行っているあいだ、エンデハル・ロフは仕事にはげみ、作業はかなり進んでいた。

「この工場はわれわれが必要とするものをすべて提供してくれる」アルバート・ホルムが無事に役目をはたしたことを報告したあと、かれはそういった。「必要なシントロニクス部品はここでぜんぶ製造できる。工場を稼働させることに成功すれば、勝ったも同然」

ロフは使命感にあふれて熱弁をふるっている。

「施設を動かすのになにが障害になっているんですか?」と、赤毛の男がたずねた。

首席エンジニアは目を閉じ何回か深呼吸し、それから唾《つば》を吐いた。

「それが意味があるんだったら、あんたのそのおろかさを徹底的にこきおろすさ! でも、あんたは防護服を着て埃を持ちこまないようにしないと、工場にはいっちゃいけないってことすら理解してなかったんだからな」

「すみません」と、ワーナット・エマルゴウンは口ごもった。「だれもわたしに教えてくれなかったものですから」

「工場に爆弾を投げこんだようなものさ。損害の大きさという点ではね」

エンデハル・ロフはまた唾を吐いてから、シートに腰をおろした。両足をのばし、顎を胸に押しつけるような姿勢で数分間ほど前を見て思案していたが、それからアルバート・ホルムのほうをじっと見た。

「交換部品が必要なんだが」と、ロフ。「それが問題でね。なぜか手にはいらないんだ。情報を集めたんだが、どうもはっきりしない。だがブラックリストみたいなものがあることはわかった。そこに、禁止されているか、やっかいな許可手つづきを踏まないと入手できない資材がぜんぶ記載されている。この工場の交換部品もそこにはいっている」

「つまり当局は、こういう工場を修理したり、再稼働させたりするつもりはないということですね」ホルムがびっくりしてたしかめた。

「まあそういうことになる」と、首席エンジニア。「学校をすべて禁止したばかりでなく、アラングウシャの経済と文化をゆっくりと確実に消し去ろうとしているってわけさ」

「われわれにとって、それにはどんな意味が？」

「交換部品は南の倉庫にある。軍の立入禁止地域のどまんなかだ。そこに忍びこみ、必要なものを持ってこないと」

かれはズボンのポケットに両手を突っこんだまま立ちあがった。決意を秘めているように、顎を前に突きだしている。

「イカルス・ペルとザルロ・イルグリッズが到着するのを待つ」と、かれ。「それから行動開始だ」

かれはヒューマニドロームのため、とことんやる覚悟なのだ。

「修理の一部はわたしだけでもできる」と、かれはつづけた。「清掃作業はすでにはじめた。きみは交換部品を調達するために動いてほしい。このコンピュータを使うんだ。必要な情報はここにあるから。ワーナット・エマルゴウンがきみを補佐する。かれは南のことをよく知っているから」

そういってエンデハル・ロフは作業を再開するために出ていった。アルバート・ホルムはエマルゴウンに首席エンジニアがいっていたコンピュータを見せてもらい、準軍事的な目的に使用するための準備をはじめた。夜までずっと作業して疲れはて、かれはコンピュータの横にあるデスクの上に横になり、毛布にくるまるとたちまち寝いってしまった。

声が聞こえたような気がして、寝ていたかれは跳びあがった。だがまわりにはだれもいない。うめきながらふたたびあおむけになった。

「なぜそんなうめき声を？」かれの耳に甲高《かんだか》い声が聞こえた。「また寝るのかい？」

ゆっくりと頭を横に向けたかれは、シガ星人を見た。イカルス・ペルがかれの鼻先に立っている。グリーンのトカゲ革の服と、沼トカゲの頭蓋冠でつくったブルーの帽子というでたちだ。

「ハロー、スーパーエンジニア」ペルはにやにやしている。「あなたのハニー、デニからよろしくと。彼女はあなた恋しさのあまり、いまにも死にそうだ。だが心配はいらない。ヒューマニドロームには、彼女をなぐさめてくれる男がたくさんいるから」

「大きなくしゃみが出そうだ」ホルムがおどかした。「どっちがいいんですか。とっとと消えうせるか、それともあの壁まで吹っとばされるか」

「若いもんはいつもオーヴァだな」イカルス・ペルはうめき声をあげ、目を白黒させた。

「わたしと理性的に話せないのですかな？」

アルバート・ホルムはこっそりあくびをした。

「わかりました。でもまずはブルー族もここにいるのかどうか知りたい」

「ザルロ・イルグリッズのこと？　もちろん。かれがいなかったらわたしは絶対に旅に出ないから」シガ星人はコンビ銃二挺《ちょう》をさげたベルトを正しい位置になおした。それからくるりと向きを変え、両手をひろげて飛び去った。

ホルムは起きあがった。ブルー族がはいってきたのがやっとわかったのだ。

「早かったですね」かれは両名の功績を認めた。「ロフとわたしは、あなたたちがくるまで数日はかかると思っていたっていうのに」

イカルス・ペルはブルー族の皿状の頭の上に着地。両方のおや指をベルトに引っかけている。

「貴重な時間をむだなおしゃべりで浪費するために、急いできたんじゃないぞ」と、かれが大声でいった。「さあ、立て。われわれが急き立てなければだめなのか？」

＊

宇宙港の南二千キロメートルは、快適なあたたかさだった。アルバート・ホルムはグライダーの窓を開け、空気をとりこんだ。

首都ワ＝ワ＝タウルに近づくにつれ、建物が密になってきた。集合住宅の塊りもぽつぽつ見られる。首都とのあいだを行き来するグライダーの数も増え、かれらも自然とその流れにくわわっていた。

「ワ＝ワ＝タウルが現在はどうなっているのか、興味津々だ」と、ブルー族。

「わたしはほんの数日前に行ってきました」と、ワーナット・エマルゴウン。「そのあとは、なにも変わっちゃいません。なぜわたしのいうことが信じられないんです？」

「そうしたいんだが」と、ホルム。ザルロ・イルグリッズとイカルス・ペルは平然と窓の外を見ている。「でも変な気分なんだ。アラングウシャのなにかがおかしくて、それで不安になる」

赤毛の男は不機嫌そうにかぶりを振った。自分を信じてくれないのが気にいらないのだ。かれは、首都はしずかで危険はないと説明していた。だれかに検問されたり、引きとめられたりせずに動けたからだ。へんぴな場所にある工場で数十年間孤独に暮らしてきたかれから見ると、ワ＝ワ＝タウルは活気にあふれた大都会だった。

アルバート・ホルムの計画はシンプルだった。明らかな危険を排除するために、軍の封鎖地域とその近くをまず偵察してから、夜になったら侵入する。二十時間以内に作戦を決行するというのがかれの希望だった。

町の郊外はさびれていた。木造の一軒家がぽつぽつある程度である。

「どうして人がいないんでしょう？」ワーナット・エマルゴウンがいぶかしんだ。「数日前にはどの建物にもだれかしらいました。全員が消え去るはずなどないのに」

ホルムは数階建ての建物がいくつかある町の中心部に近づいた。市内へと向かう男、女、子供が何人かいる。そのほとんどは、かれのわきにいる男と同様に赤毛で大きい。ブルー族、スプリンガー、アラスも数名。かれらもほかの者にまじって動いている。

「みんな同じ方向に向かっている」と、ブルー族。「なぜだ？　きょうはなにか特別な日なんだろうか？」

ワーナット・エマルゴウンはかぶりを振った。

「いいや。われわれの祝日はもともとすくないんですが、きょうはその日じゃありません」

もやもやは大きくなる一方だ。アルバート・ホルムはできれば引きかえしたかった。自分たちは違法な行動をしていて、客として保護をうける権利に抵触しているのでは。かれは考えた。ロクヴォルトでも他惑星の異人がやってきて、侵入し、必要なものを手にいれることを認めてはいないじゃないか。

エンデハル・ロフは、この惑星の住人にすら手にはいらないものが自分たちに提供されないことに文句をつけているが、それは本当に正しいのか？

首席エンジニアの言葉が、まだかれの耳にのこっていた。

「アラングウシャの住人はまったく学校教育をうけていない」と、エンデハル・ロフはいった。「読むことができないから、どんなに単純な機器でも使えないんだ。教育をうけているわれわれは、この惑星の有力者にとっては、すさまじい破壊力がある火薬と同じくらい危険だ。だがかれらはわれわれに関心がなかった。つまり、かれらはもっと重要なことに忙殺されている、という説明しか成りたたない」

ホルムはこの説明を忘れることができなかった。

「われわれに注意を引きつけるのは、現段階ではいちばんおろかなやり方だ」と、ロフはいいそえた。「だからこっそり動き、必要なものを盗む」

ヒューマニドロームの首席エンジニアは天才肌で、大成功した男だ。かれは名声があるばかりでなく、多くのロクヴォルト人から崇拝されている。どんな批判も向けられないような大物のひとりといえる。アルバート・ホルムはこの男にかしずくつもりはないが、歴史的に見てやはり宇宙最大の建築家だと思っていた。たとえ多少意に染まなくても、こうした人物には四の五のいわずにしたがうべきだろう。

アラングウシャの首都でも多くの機械が置きっぱなしになって錆びていた。おそらくそれを修理できる者がいないか、部品がないのだろう。

ホルムは同情して町の住人を見おろしていた。ロクヴォルトにはヒューマニドロームがある。銀河系のあらゆる者たちがこの建造物をうらやんでいると、かれは信じて疑わなかった。だがアラングウシャにはなにがある？　そうかれは心のなかで考え、即答した。なにもないじゃないか！

ザルロ・イルグリッツはホルムに、町の中心に近づくにつれてグライダーが減ってきたと指摘した。

「われわれもどこかで着陸し、徒歩でいったほうがいい」と、かれ。

「そのとおり」シガ星人も同意した。「そうでないと目だちすぎる」

ホルムは二階建ての建物のあいだにあるあき地にグライダーを向けた。二十名ほどの女の一団がかれらの下を通過している。透明ななにかをいくつかささげ持っていて、何人かは空に向かってこぶしを何回も突きあげている。いずれも興奮した表情だ。

「デモをしているんです」と、ワーナット・エマルゴウン。「ここでなにが起こっているのか、だれにもわかりません」

　グライダーから降りたかれらは、興奮した群衆のリズミカルな叫び声を聞いた。

「早く行動してよかった」と、ホルムはいって、木々のあいだにかくれるようにして停まっている警察グライダーをしめした。

「もしも飛行をつづけていたら、絶対にとめられていただろう」ブルー族が同意した。かれは両腕を上に突きあげ、ほかの者たちと同じようにこぶしを空に向けて振った。

「封鎖地域があるから町の中心部にはいれない」と、エンジニア。「イカルスにまずようすを見てきてほしいんですが」

「わかった」と、ザルロ・イルグリッツの肩にのっていたシガ星人が応じた。「どこでおちあう？」

　ホルムはどの建物よりも高い木造の赤い塔をしめした。

「あれは教会でしょう。塔の近くで待っています。すぐ見つかるでしょう」

　イカルス・ペルは軍隊ふうの姿勢をとり、こぶしをヘルメットにあてがっておどけて挨拶した。かれはいったんうずくまってから、からだをのばして勢いをつけ、高所から反重力装置で飛び去った。きっと重要な情報を集めて、すぐにもどってきてくれるだろう。

「先に進みましょう」と、ワーナット・エマルゴウン。「なにが起きているのか知りたいです」

市の中心部から群衆のわめき声が聞こえた。同じ言葉を何回もシュプレヒコールのようにくりかえしている。

警察グライダーのわきを通りぬけ、ホルムとブルー族、赤毛の男は市の中心部をめざした。だが二百メートルも進むと動けなくなった。同じように中心部に殺到する、ものすごい数の群衆とぶつかったのである。ブルー族、スプリンガー、アラス、アルコン人、テラからの移住者の末裔《まつえい》だけではなく、銀河系諸種族の代表者たちの姿もあった。ワ＝ワ＝タウルの中心に近づくにつれ、群衆の興奮はさらに高まり、声が大きくなっていく。

それはつねに同じ言葉だった。「ガルダン！　ガルダン！　ガルダン！」

「あれがどういう意味か、まだわからないのか？」ホルムが赤毛の男にたずねた。

「残念ですが」と、ワーナット・エマルゴウン。「かれらがどなっている言葉はわかりますけど、なぜそういっているのかまではわかりません」

「ガルダンというのは、なんなんだ？」と、ブルー族。

「ガルダンというのは冥界の存在で」動揺しながらエマルゴウンが答えた。「七名の悪魔のひとりなんです。かれらはこのガルダンを崇拝していますが、それがわたしにはわからなくて」

ホルムは群衆の頭ごしに大きな騎手の立像を見た。光をはなつ白い材料でできているが、いまは完全に血塗られている。赤毛の大男もそれに気づき、青ざめた。

「これ以上進まないほうがいいです」と、かれはホルムのほうにかがみこんでいった。

「なぜだ？」大声で叫ぶ群衆の声に負けないように、エンジニアがどなった。

「あの騎手を見ましたか？　あれはアラングウシャの発見者オマス・レルティパンです。われわれはかれを敬っています。わたしが考えるところでは、そのはずだったんですが」

「あんたも考えることはできるんだね？」しんらつな口ぶりでザルロ・イルグリッズがいった。

ワーナット・エマルゴウンはかれの首をひっつかんだ。

「おろか者！」と、エマルゴウン。「そんなことをいうなんて。あなたとはもう終わりだ。これだからブルー族はきらいなんだ」

ホルムはふたりを引きはなした。

「あなたは正気ですか？」かれはザルロにどなりつけた。「口をつつしんでください」

ブルー族は驚いて首をさすっている。

「すまん」かれはやっとのことでいった。「冗談のつもりだったんだが」

「そんな冗談、あなたの子供でも笑わないでしょう。子供がいればの話ですが」赤毛の男がかれにどなった。

「もういいだろう」ホルムが威嚇するようにいった。「あなたたちはこの任務をだいなしにするつもりなのか？」

かれはワーナット・エマルゴウンのわき腹をげんこつで小突いたので、赤毛の男はうめき声をあげた。

「かれらはオマス・レルティパンの立像をなぜ汚しているのだろう？」と、ホルム。

「ちょっと待ってください」と、エマルゴウン。「かれらがなんと叫んでいるのか、聞いてみないと」

かれらはさらに進み、群衆の叫び声に注意を集中させたが、デモの参加者に話しかけて、だれもが例外なく知っているであろう内容について質問することはできなかった。

「まったくの狂気だ」数分後、ワーナット・エマルゴウンがいった。かれらは苦労して木造の塔までたどりついていた。そこからだと、騎手の立像とあざやかなブルーの服を着た男たち数名がよく見える。

「なにが起きているんだ？」と、ホルム。「教えてくれ。群衆が悪魔ガルダンを敬っているというのは、本当なんだろうか？」

「ええ、そうなんですが」赤毛の男はつかえながら答えた。心底ショックをうけているようだ。

「コンピュータの情報によれば、アラングウシャの住人の九十パーセントはキリスト教を信じているはずだが！」

「そのはずでした」と、赤毛の男は認めた。「わたしが理解できないのは、そこです。悪魔の崇拝者たちが、人々をどうしてこんなに変えられるのかと」

「新しい宗教をアラングウシャに持ちこんだ、とあるカンタロのことを、どこかで聞いたんだが」と、エンジニア。「それだろうか、それともわたしの勘ちがいか？」

「そうだと思います。かれはガルダンと直接話し、ガルダンから答えをもらえる大祭司です」

「その民衆煽動《せんどう》者はなんという名だ？」ザルロ・イルグリッズがたずねた。

ワーナット・エマルゴウンは驚愕してかれを手で制し、それ以上しゃべらせまいとした。

「後生ですから、注意してください」エマルゴウンはザルロにささやいた。「向こうの赤い木のほうを見て」

「やつらは男三名と女一名を絞首刑にしたのか」ブルー族はうろたえながらいった。

「そうです。あれは新しい宗教を信じようとしなかった異端者たちです！」

ザルロ・イルグリッズは力なくうずくまった。それまでかれは群衆たちの行動をそれほどまじめに考えていなかったが、笑いごとではないとようやくわかったのだ。これは一触即発の状態だ。火の粉がちょっと飛んだだけで、かれらは爆発するだろう。

「ここから逃げよう」ホルムが急かした。「大急ぎで向こうへ行く」

かれは封鎖地域の方向を指さし、同行者二名も反対しなかった。かれらはすぐに群衆を押しのけながら進むホルムにつづいた。集まった狂信者と同じように「ガルダン！ガルダン！」と、シュプレヒコールを唱えながら。

急ごしらえの原始的な絞首台がいくつかあり、そこで人形が燃やされると、群衆はいっそう大声で執拗に叫ぶようになった。

突然、ちいさな生物がホルムの上に落ちてきて、かれの襟のなかにもぐりこんだ。

「わたしだよ！」イカルス・ペルがわめいている。「押しつぶしたりしないでくれよ」

「なにがあったんです？」エンジニアはシガ星人を傷つけていないかたしかめてから、訊いた。

「まっすぐ行くんだ。すぐに柵がある。群衆が柵を踏みたおしたから、封鎖地域にかんたんにはいれる」

群衆は大声で叫んでいる。

「かれらは記念碑を倒しました」ワーナット・エマルゴウンがいった。「みんなすっかり分別を失っている。キリスト教の信仰を捨て、オマス・レルティパンを呪っています。かれが財産を所有していたと。でも財産を持つことは禁止されていなかったんです。むしろその逆です！　昔はだれもが富を手にいれようと必死だったんですから」

ホルムの足が柵の金網に引っかかりあやうく転ぶところだったが、赤毛がかれを受けとめ、助けてくれた。

だれもかれらに注目していない。群衆の注意は記念碑がどうなっているかに向けられていた。ガルダンの祭司たちが騎手の立像を粉々に打ちくだいている。おかげでアルバート・ホルムたちは目だたずに群衆からゆっくりはなれ、封鎖地域に侵入できた。バンガローのような建物数棟が近くにある。

ワーナット・エマルゴウンとブルー族は、たけり狂う群衆ごしに警官を見張っていた。たしかに制服姿の警官数名がいたが、とくにホルムたちに危険がおよびそうな感じはない。かれらも集まっているほかの者たち同様に熱狂しているからだ。陶酔状態でガルダンの祭司たちだけを見ている。

イカルス・ペルはホルムを木造の建物に案内した。細長い構造で、高い木々におおわれている。扉は鍵がかかっていたが、なんなく開けられた。

「静寂はいいものですな」ワーナット・エマルゴウンがうめくようにいった。扉を閉めて、群衆の叫び声がちいさくなったのだ。「なんとか切りぬけられるといいのですが」

「カンタロがこの宗教をアラングウシャにひろめたのか？」ブルー族がいぶかしげにいった。「奇妙だな」

「われわれには関係のないことだ」と、エンジニア。「必要な材料が手にはいったら、この惑星から出るんだから」

大爆発が町全体を揺るがせた。自分たちの下の地面が振動しているのがはっきり感じられる。

「燃えている建物もあるぞ」窓まで浮遊していったイカルス・ペルが報告した。「救いようのないひどいやつらだ」

「どういう意味ですか？」と、ワーナット・エマルゴウン。かれはこの数分間の経験が非常にこたえていた。

「財産を所有していたから、かれらは国民の英雄を非難しているんだぞ」と、ホルム。「つまり、かれらは自分の所有財産を手ばなしはじめたってこと。建物に火をはなち、自分たちが持っているものをぜんぶ焼きはらっている」

「わたしの工場もでしょうか？」

「この騒ぎは市内だけの話で、これから徐々におさまってくれることを願っている。あなたの工場はかなりはなれているし。きっと大丈夫だろう」

ワーナット・エマルゴウンは感謝するように笑ってみせた。だがホルムは内心はそう思っていないとかれは感じていた。だが、自分をおちつかせ、なぐさめようとしてくれただけでありがたい。

「かれらがすぐにここまできたら、まずいことになる」と、エンジニア。「この建物が炎上したらすべて終わりだ。急ごう。なにを探せばいいかわかってるな。さあ、仕事だ」

群衆の犠牲になるかもしれないという考えが、かれらを急き立てた。多数の交換部品と機械類が保管されているその建物で、かれらはこまかくわかれた区画を全力で探してまわった。

そのあいだもアルバート・ホルムは窓から外をうかがった。すぐ近くの木々が燃えあがっている。火のついたたいまつを持って走る狂信者たちも見えた。だが倉庫の建物に気づいた者はまだいない。

一時間以上が経過し、かれらはようやく必要なものをすべて集めた。ワーナット・エマルゴウンはグライダーをとりに出た。ホルムとブルー族は掠奪品を段ボール箱に詰め、イカルス・ペルは建物のまわりの見張りを担当。

「赤毛はなにをぐずぐずしてるんだ？」いらいらしてザルロ・イルグリッズがいった。

「もうとっくにもどってもいいころなのに！」

ホルムはクロノグラフを見た。たしかにワーナット・エマルゴウンはもうもどってきてもいいはずの時間だ。

「かれはきっときますよ」と、エンジニア。「わたしは確信しています」

イカルスが近づいてきた。顔色が興奮のために濃いグリーンになっている。

「いよいよだ！」かれが叫んだ。「やつらは建物に火をつけた。外に出るんだ。なかにいるとロースト肉になっちゃうぞ！」

ホルムとブルー族はすばやく反応した。箱をかつぎ、倉庫の裏の出口から外に出たのである。そのうちに日が暮れてきた。無数のたいまつの光だけが夜の闇を照らしていた。

6　デニ

アルバート・ホルムはこぶしでデスクをたたいた。

「そんな核ユニットがあっさり消えるはずがないじゃないですか！」かれは怒って叫んだ。

「でもそうなんだ」と、ザルロ・イルグリッズは平然と答えた。

エンジニアはブルー族といっしょに、ほとんど完成したヒューマニドロームの一領域にいた。ここで銀河系のあらゆる場所からきた客人のためのレセプションが盛大に開かれる予定なのだ。たりないのは天井のホワルゴニウム製の外装のみ。ここにはいる予定の外装板は、もっとも手間がかかって高価なのでまだとりつけられていなかった。あらかじめつくられたプレートのごくちいさな傷も、スケジュールを混乱させるのみならず、許容できないほどの財政的な負担を招くことになるだろう。

ホルムはだれかがホワルゴニウムを盗んだのではないか、と考えただけで頭がくらくらした。

この十年以上、深刻なハプニングはなかった。ヒューマニドロームの作業は問題なく進んでいた。

それがいま、こぶし大の核ユニット、建物の全セクターにエネルギーを供給するパワー・パッケージがないというのだ。

ドアが開いて、デニがはいってきた。

「ちょっとだけ話せる、バート?」彼女がたずねた。

かれの視線を感じ、ザルロ・イルグリッズは黙って出ていった。

かれの妻は向かい側にすわった。

「ぼくらの結婚記念日を忘れていたよ」あわててかれがいった。

彼女は笑った。

「そんなことでわたしが怒らないってわかってるでしょ」

「でももう十回目だ! デニ、ぼくらは結婚して十年になるのに、きみになにもしてあげられない」

彼女はかれの上にかがみこみ、キスをした。なぐさめるようにかれの髪をなでている。

「かわいそうなバート」と、彼女。「あなたは、本当にヒューマニドロームのことしか頭にないのね」

「きょうはちがう」と、かれは反論した。「ふたりでロクヴォルトに行こう。ロクヴォルト=テルムでいちばんいいレストランに招待するよ」

彼女はかぶりを振った。

「なんてばかなことを」と、彼女は笑った。「エンデハル・ロフが病気になってから、やらなくちゃいけないことがものすごくたくさんあるくせに」

かれは真剣な顔で彼女を見た。

「きみはこの十年間、ぼくを奮いたたせてくれた。全エネルギーをヒューマニドロームに注《そそ》げるように心を砕いてくれたよね。きみには感謝しかない、デニ。だからこそきょうは仕事を休みたい。ほんのすこし人生を楽しんでもいいじゃないか」

彼女はまじめな顔でかれを見た。

「あなたがロクヴォルトに最後に行ってからどのくらいになる？」

「さあね」と、かれは正直にいった。「一年ぐらい？」

「きょうでちょうど三年よ」

かれはうなって自分のシートに倒れこんだ。

「こういうのを仕事の虫というんだろうな」と、かれ。「やれやれ、ロクヴォルトで最高のごちそうの深海ガニがどんな味か、もう忘れちゃったよ」

かれは自分の思いつきに驚いて目をあげた。

「デニ、ぼくらの銀行口座にはさぞかし大金がたまっているだろうね！」と、かれは笑いながら立ちあがった。「十年間、ほとんどなにも使っていないから」

「バート、ちょっと聞いてほしいことがあるの！」と、デニはたのんだが、かれはとりあわず、彼女のからだに腕をまわして外に連れだした。

「なにか着るものがいるよね？」と、かれ。「ぼくもロクヴォルトで見られても恥ずかしくないかっこうをしなくちゃね？　ファッションは三年前とは変わっているんだろうね！　それにきみは？　女性にとってファッションは男よりよほど大事だからね。なにを着るつもり？　いや、なにもいわないで。ふたりでショッピングをしよう。きみは頭のてっぺんから足の先まで新しいものを身につければいい」

かれらはロボットが照明エレメントのとりつけ作業をしている大きな部屋を横切った。

「ロクヴォルトに飛ぶのはいいと思うわ。うれしい」と、彼女。「でもいいたいことがあるの」

「離婚したいとかじゃないだろうね？」と、かれは混ぜかえした。

「そんなばかなこと！」と、彼女は反論した。「そうじゃなくて、気にかかっていることがあるの。でもあなたにそれを話すのは気が重い」

「なんのこと？」

「観察していて心配なことがあったのよ。あなたの友、ザルロとイカルスのことで」

「かれらがどうしたの？」

「かれらに対して、もうすこし批判的な目を持つべきだわ」

かれは立ちどまり、いぶかしげに彼女を見た。

「なんのこと？」

ホルムはかぶりを振った。かれは自分の妻がブルー族とシガ星人をとがめるのが理解できなかった。

「かれらはぼくの友人だ。ふたりはぼくと苦楽をともにしてきた。アラングウシャを忘れたの？　かれらはヒューマニドロームに使うちょっとした部品を調達するために、命をかけてくれた。あのとき、命からがら逃げのびたんだよ。もしあの狂信者たちにぼくらがつかまっていたら……」

「あのね、おちついて」と、彼女は話をつづけた。「人は十年間で変わるのよ。いまのかれらは、アラングウシャでのときのようにヒューマニドロームを見ていないかもしれないでしょ？」

「なにがあったんだ？」家にもどり、ロクヴォルトに出かける準備をしながら、ホルムがたずねた。

「イカルス・ペルが核ユニットを盗んだと疑う、れっきとした理由があるの」

エンジニアはかぶりを振った。

「ナンセンスだよ、デニ。なぜそんなことをする必要がある？」

「かれの名前の由来を考えたことある？」

「イカルス・ペル？　それがどうした？」

「イカルスはかれの本名じゃない。出生証明書によるとかれはアプラム・ペルという名よ」

「まだよくわからないな。イカルスがどうだっていうの？」

「イカルスというのはテラの伝説に登場する人物よ。かれは鳥のように飛びたくて蠟《ろう》の翼をつけた。でも太陽に近づきすぎて蠟が溶け、海に転落してしまったの。わかる？　シガ星人がそういう名を名乗ったら、それが意味することはただひとつ。かれは飛びたいのよ！」

ふたりは家を出て、スペースフェリーに乗り、数分後にはもうロクヴォルトをめざして飛行していた。

「飛びたいと思うことが、なぜ悪いの？」かれがたずねた。「かれがロクヴォルトで飛ぼうとして落ちたってべつにいいじゃないか。猛禽《もうきん》類に食べられないように注意しなきゃならないけど」

「冗談でいってるんじゃないの。ロクヴォルトの大気圏で飛ぶという話じゃなく、大宇宙に出ていくということ。かれは銀河系を出る計画をたてているかもしれない」

「でもね、デニ！」かれは笑った。「イカルスはばかじゃないよ！　かれは銀河系から出ていったりできない。防御壁の外側に生命体はいないんだから。外でなにをするっていうの？」

「銀河系内部のほかの星系まで飛行しようとしているかもしれない」

「つまりかれは宇宙船を建造しようとしていて、そのために核ユニットを盗んだといいたいのか？」

「そう、そのとおり」

「この話はやめよう」かれはたのんだ。「ぼくはイカルスを知っている。かれはそんなことをしない」

　かれが信じてくれないので、彼女は慎重さを失ってしまった。

「かれらはあなたのお父さんも知ってるわ」興奮して彼女がいった。「だれも想像できないでしょうね、あの……」

　かれが急に動いたので、ほかの乗客も気がついて、かれらのほうを振りむいた。

「きみはぼくの父親のなにを知っているんだ？」かれは彼女にどなった。

「なにも」彼女はかれをなだめた。「お願い、そんなにいきりたたないで」

「きみは本当はもっと知っているんだな」

　彼女はかれの唇に人差し指を置いた。

「お願い、バート」と、小声でいった。「知っていることはぜんぶ話すわ。でも、あとでね。まわりの人たちに聞こえてもいいの？」

かれはシートのクッションに沈みこみ、両目を閉じた。こまかい汗の粒が額をおおっている。

「いや、ごめんだ」

夜遅くにふたりはロクヴォルト＝テルムの宇宙港に到着した。すでに暗くなっている。着陸はいつもどおりスムーズだった。乗客が全員乗れる反重力キャビンで、かれらは通関のための建物に移動し、チェックをうけた。その先は徒歩で宇宙港のホールへ向かう。だがアルバート・ホルムは途中で立ちどまった。自分の目が信じられない。ホールのまんなかの床が盛りあがっている。木の根が床を突きぬけて出てきたのだ。すでに根がわかれているから、何週間もホールに顔を出していたのだろう。これをとりのぞいて床を補修しようと思わなかったのか。

「信じられない放置ぶりだ」と、かれは嘆いた。「惑星アラングウシャだったらぼくも驚かないが。ここでそんなことが起こっていようとは」

デニはかれをわきに押しやった。

「ホテルに行きたい」と、あくびをしながら彼女がいった。「眠くなったわ」

タクシーをひろうため、ふたりは外に出た。テルムの町は宇宙港から二十キロメートルほどはなれている。そこまでは、ゆったりとした幅の曲がりくねった道が森林をつらぬいていた。

建物の前でかれらといっしょにきた作業員たちが待っている。

「タクシーはどこでしょう?」ホルムがたずねた。「一台も見えないが」

十メートルほどの長さの反重力プラットフォームが、浮遊して近づいてきた。樹冠の上を飛んでいる。その先端に無線の制御装置を手に持った貧相な若者が立っていた。作業員たちはプラットフォームにのぼり、若者に硬貨を何枚か投げている。かれはそれを受けとり、問いかけるような顔でホルムを見た。

「どうしました? 乗らないんですか?」

「消えうせろ」と、ホルム。「わたしは三年間もここにきていない。そんなものに乗ると思うのか?」

若者は肩をすくめ、プラットフォームを町の中心部の方向にむけた。

「断るべきじゃなかったかもしれない」デニが小声でいった。

「ばからしい」かれは怒っていた。「あんな原始的なものを」

十分待ってもタクシーがこないので、かれは宇宙港のホールにもどり、ヴィジフォンでタクシーを呼ぼうとした。しかし、ヴィジフォンはずっと話し中だった。

腹をたててかれは妻のところにもどった。

「一台きたわ」反重力グライダーが近づいてきたのを見て、彼女がいった。

ホルムは安堵のため息をついた。

「ぼくらのロクヴォルト滞在がこんなふうにはじまるなんて、残念だ」と、かれ。「こんなにめんどうなことは、経験したことがない」

タクシーはかれらの横に着陸した。ドアが開くと、七名の男が突進してきてホルムとかれの妻を押しのけて乗ってしまった。

「どういうことだ？」エンジニアは叫んだ。「そのタクシーはわれわれのだ」

男のひとりがにやにやしてかれを見た。

「なにをいってるんだ！」と、その男。「われわれは六週間も前から予約していたんだ。これ以上は乗れない」

ドアが閉まり、グライダーがスタートした。ホルムは茫然としてかれらを見送った。

「そんなばかなことがあるか」かれは言葉につまってしまった。

若い女が近づいてきた。すり切れた服を着ている。あぶらじみて汚れた髪が顔にかかっていた。黙って開いた手を突きだした。

「なにがほしいんだ？」ホルムは当惑して彼女を見た。これまでの人生でこれほどおちぶれた人間を見たことがない。

「お腹がすいているんです」彼女は弱々しい声でいった。「三日前からなにも食べていません。お願い！」

ホルムは妻を見た。

「彼女がどうしたいのか、わかる？」

「お願いです、だんなさま。お慈悲を。お腹がすいています」

彼女はまだ手をさしだしていたが、アルバート・ホルムは理解できなかった。これまで物乞いなんて知らなかったし、まして見たことなどない。文明化地域のまんなか、ロクヴォルト＝テルムのような町の郊外で、だれかが腹をすかしているなんて想像がつかなかったのだ。

宇宙港のほうから若い男がやってきた。かれは黙ってホルムの横を通りすぎ、物乞いの女の手に硬貨を握らせると、町の方向に歩いていった。うろたえてホルムはかれが森に姿を消すまで見送った。

「ぼくはどこにいるんだ？」エンジニアがいった。「野外演劇みたいなものなのか？」

「いいえ」と、デニ。「これが現実よ」

彼女は荷物を持ちあげ、男につづいた。ホルムはあわてて彼女を追った。

「どこに行くの？」かれが息を切らしながらたずねた。

「町へ」

「徒歩で行くなんて！」

「でもほかにどうすればいいの？」

「タクシーを呼ぼう。バスでもいい。それとも……」かれは絶望して彼女を見た。

「それとも？」

かれは両手で頭をかかえこんだ。

「デニ、まさかタクシーがこないとでも？　宇宙港と町のあいだの輸送は、何百年も問題なく行なわれていたじゃないか！」かれはうつろな笑いを浮かべた。「歩いていくなんて、どうかしてるよ。空を見てみろ。上空には人類がつくった壮大な建築物がある。技術と組織の力が生みだした大傑作だ。銀河系全体がこのすばらしい業績に驚嘆している。それなのにここにはタクシーすらないと？」

「そのとおりよ」彼女は答えた。「ヒューマニドロームの財源はどこから出たか、考えたことある？」

そういわれてしまうと、返す言葉がない。

かれはそれでも踵を返し、宇宙港のホールに向かった。

「なにか輸送手段がないか探してみる」肩ごしにかれは彼女に大声でいった。「エンデハル・ロフの助手は歩いていったりしないぞ！」

かれは本当に反重力グライダーを見つけだした。宇宙港の敷地内でさまざまな材料の輸送に使われていた古いグライダーだ。据えつけられたロボットが制御するので、シートはない。

「これだって歩くよりはましさ」グライダーが町の方向にスタートしたとき、かれはそういって、笑ってみせた。

気分が高揚してきた。かれは汚れたフロントガラスから必死に外を見た。ロクヴォルト＝テルムの光の海が見えるはず。だががっかりした。目の前が真っ暗だったからである。

「優秀なエンジニアは、みんなヒューマニドロームで働いているからな」かれは妻に向かってというより、自分をいいきかせるようにしゃべった。「ここには専門知識のある労働力がたりないんだろう。でもそのうちよくなるさ。あと十五年もすればヒューマニドロームが完成するから」

かれは声を出して笑った。

「銀河系全体がのちのちまで語りつたえるようなパーティが開かれるだろう」

かれは町はずれにほんのすこし光を見つけたが、上機嫌はふたたび吹っとんだ。町の中心部は闇に沈んでいたのである。かれが三年前にきたときは、無数の光がまばゆかったというのに。エネルギーを節約するような者はいなかった。ところがいまはうち捨てられた町にきたような印象だ。

グライダーは、かつて町で最高級とされていたホテルの前に着陸。入口の上方にひとつの照明ユニットがともり、弱い光をはなっていた。

「みなもう寝てしまったのだろうか?」と、かれは考えた。「それほど遅い時間だったかな？」

「夜十時よ」と、彼女。

黒い肌の男が入口でかれらを迎えた。

「ここでいちばんいい部屋に泊まりたい！　それにとびきりのごちそうもね」

人がいたのによろこんで、ホルムがいった。

「部屋は自分で探してください」男が答えた。「全室あいていますので。でも食事はできません。厨房が閉まっていますから」

エンジニアはあきらめなかった。

「それならレストランへ行く」と、かれ。「この近くでまだ開いている店があるだろう。おすすめはどこだい？」

男はなにもいわずにくるりと向きを変え、ホテルにはいった。ホルムは怒ってかれのあとを追おうとしたが、デニが引きとめた。

「やめて」と、彼女はいった。「意味がないから。わからないの？　この近くにレストランなんてないのよ。あの人はあなたにからかわれたと思っているのよ」

ホルムは黙ってホテルにはいった。ざっと見まわしたかれは、ショックをうけ、幻滅した。ホテルの内装は荒れはてていた。高級ホテルではなく、リッチな客に見はなされたおちぶれた宿にいる感覚だ。

「もうひとつだけ訊きたいんだけど」かれは、妻を見ていった。「この町にもっとましなホテルがあったっけ？」

「いいえ」と、彼女。「快適な時間をすごしたいなら、わたしたち、ヒューマニドロームにもどったほうがいいわ」

＊

かれらはもう何週間も掃除をしていない部屋で、乾いたパンを食べていた。

「きみは知っていたんだね」と、かれ。「それなのになぜぼくとテルムにきたの？」

「あなたに気づいてほしかったからよ」と、彼女は答えた。「昔みたいなわけにはいかないのだと」

「どういう意味？　きみはヒューマニドロームを疑問視しているの？」かれは自信を失って妻をじっと見た。「そんなこと！」

「ヒューマニドロームがわたしたちをだめにしたの」彼女はしずかにいった。「わたしはそれがわかったから、あなたの頭にもたたきこんでおこうと」

「なにを考えているんだ？」かれは言葉につまった。「ヒューマニドロームの作業を中止しろとでも？」

彼女は頭をもたげ、目を見開いた。

「どうしたら信じてくれるの？」彼女はいいかえした。

「なにを望んでいる？」

「イカルス・ペルのような人たちの悪行をやめさせたいの」と、彼女。「シガ星人はこのホテル五軒分より価値のある核ユニットを盗んだ。ロクヴォルトの住人が信じられないような犠牲をはらっているのに、ヒューマニドロームで私腹を肥やそうとしているのはかれひとりじゃないわ」

彼女は夫の両手を握り、懇願するようにかれを見た。

「わからないの？　エンデハル・ロフとあなたはエンジニアで、ヒューマニドロームの技術面だけを考えている。でもそれはまちがっている。あなたたちは必要な材料を要求し、使っている。費用がいくらかかるかなんておかまいなしに」

「そのために経済委員会があるじゃないか！」ホルムはその答えに説得力がないと自分でもわかっていた。

「経済委員会は、あなたたちに反論なんてできないでしょ」彼女は断言した。「十年か十二年前に、委員長が一度だけ楯を突いたわ。でもエンデハルはすぐにかれをクビにした」

「ロクヴォルトがこんな惨状だなんて、知らなかったんだ」

「あしたは町を案内してあげる」と、彼女。「ロクヴォルトがヒューマニドロームのためにどれほど犠牲をはらっているかわかるわ」

「ぼくらはコストを引きあげちゃいない。ぼくらにいつも難題を突きつけているのは、シラーダだ。さいわいにもここ数年はかれらのことは耳にしない。そうでなければすべてはもっとお金がかかっただろう」

「ねえ、ほかの人のせいにしないで。犯人を探して罰するのが重要なんじゃない。費用をおさえて、ヒューマニドロームが完成するようにすることだけが大切なの。コストをおさえるためにできることはすべてやって、イカルス・ペルのような泥棒は排除してちょうだい」

「なにかしなくちゃいけないことはわかった。エンデハルと話しあうよ。もうひとつ訊きたいことがある。きみはぼくの父についてなにを知っているの？」

「これまであなたは知る気がなかったじゃないの」彼女ははぐらかすようにいった。

「なんで、いまになって知りたいと？」

「きみがほのめかしたからだ」と、かれ。「いまは知らなくちゃならない気がする。父はなぜ処刑されたんだろう？」

「聞いたかぎりでは、お父さまは自宅の地下室で小型宇宙船を建造している現場を押さえられたとか」彼女は答えた。「法に反してロクヴォルトを出ようとしていたって。おそらく銀河系のまわりの防御壁も突破しようとしたんでしょうね。それがどれだけ意味のないことか、あなたもわかるでしょう」

7 イカルス・ペル

「イカルスを見なかったか？」アルバート・ホルムは、ヒューマニドロームのすでに完成した領域に通じるドアのところで作業中の若い女性技術者に訊いた。

「はい、ここを通って浮遊していきましたよ」と、彼女は答えた。「数分前です」

かれはその次のドアまで行き、そこのロックがこじ開けられているのを確認。だれかがここに侵入したのだ。

エンジニアは胃のあたりにいやな感じをおぼえた。イカルスがかれにかくれて自分の利益を追求したという証拠があるのか？

かれはドアを開け、なかにはいった。だがまるで目の前に壁があるかのように突然立ちどまった。四メートルもはなれていない制御エレメントのところに、ナックがいたのだ。かれのうしろでは影のようなものが通り、ほかのドアに消えた。その影は出現したときと同じようにたちまち消えた。部屋の暗い部分を動いているので、それがなになのか、はっきりとはわからない。かれはその幻影の輪郭すらつかめなかったが、本能的にそれが完全に未知の存在だと感じた。

なにかいおうとしたが、言葉が出てこなかった。見えない手がかれの口と鼻をふさいだような感じで、ほとんど息ができない。

驚いたことに装甲壁が床からあがってきて、天井まで達した。前方に突進し、両のこぶしで壁をたたいたが、どうしようもなかった。

自分はヒューマニドロームのことをすべて知っていると思ったのに！　かれはそう心のなかで叫んだ。

デニは正しかった、とかれは思った。ぼくは長年の慣れから仕事場の不備に気づかなかった。エンジニアとしての職務を考えるのみで。それじゃだめだったんだ。

かれはエンデハル・ロフに自分が見たことを話そうと決めた。首席エンジニアはなかにナックがいることを知っているにちがいない。それがどういうことか、説明してくれるだろう。

若い女性技術者のわきを通りすぎるとき、かれはシガ星人とあやうく衝突するところだったが、からくもよけることができた。イカルスは反重力ベルトを使って通廊のまんなかを浮遊していたのである。

「ちょうどよかった」と、ホルム。「あなたと話したかったんだ」

「あれまあ！」イカルスは女性技術者に大声でいった。「なんだか雲行きがあやしいぞ！」

かれはホルムのうしろを飛行し、すぐにかれの肩に着地した。

「食堂に行って話すのはどうだい」かれは甲高い声でいった。「ビールを一リットルはいけそうだ！」

「わたしのオフィスへ」エンジニアがそっけなくいった。「冗談はとりあえずおあずけだ」

イカルスはつぎつぎに質問したが、ホルムは自分のオフィスに着くまで答えなかった。ザルロ・イルグリッズがまるで偶然のようにそこに姿をあらわしたときも、かれは驚かなかった。シガ星人がブルー族に無線で連絡し、呼びよせたことは明らか。

「全員そろえば、ますます好都合だ」ドアを閉めてから、かれはいった。「核ユニットを返してもらいたいのでね」

「われわれから、ということか？」ブルー族がかれを見た。なんのことかわからないふりをしているが、その目が独特の光を帯びていて、それがすべてを物語っていた。

エンジニアはあてずっぽうでいった。

「あなたたちからだ」と、かれ。「あなたたちが小型宇宙船を建造し、そのために核ユニットを必要としているという情報を耳にした。だがあれをわたすわけにはいかない。ヒューマニドロームの所有物なのだから」

「ばからしい！」と、イカルス・ペル。

「頭がどうかしちゃったんじゃないか」と、ザルロ・イルグリッズ。

「だれかがあなたの目を開いてやるときがきたようだ」シガ星人がつづけた。「あなたのまわりで起こっている不正義が見えないのか？」

「あなたは命の本当の価値がわかっちゃいない」ブルー族が非難した。

「だがひとつだけ、あなたの指摘は正しい。つまり、われわれはヒューマニドロームで働いているが、自分たち独自の目標を追求しているんだ」と、イカルス・ペルが告白した。かれはエンジニアの作業用テーブルに着地し、設計図の上をこれ見よがしに歩いている。「自分の夢を実現したいんだ。銀河系を飛びだしたい。銀河系の生物を従順なあやつり人形にしているこの独裁制度の強引さと偏狭さにおさらばしたい」

　アルバート・ホルムは動揺のあまりシートにすわりこんだ。「自分がなにを話しているのかわかっているのか。独裁体制とはなんのことなんだ？」

「いくらなんでもそのいいぐさはないだろ」イカルスが怒りのあまり息をはずませている。「ペンデグは官僚主義的だ。その体制がみなを黙らせ、かつては行動的な住人だったのに、かれらは空気を読んで行動するご都合主義者になってしまった」

「それがわれわれとどう関係がある？」ホルムはけげんな顔で質問した。

「アラングウシャはすぐにふたつの問題にぶつかった。この惑星では以前に抵抗運動が起きた。なんに対してだって？　もちろんテラの中央政府にさ。その結果どうなった？　最初が学校の禁止だ」

「そして二番めが外からアラングウシャにやってきた宗教だ。住人はみんなこれに熱狂し、かつて尽力してつくりあげたものを自分たちの手でめちゃくちゃに破壊した。この独裁体制はもうアラングウシャを恐れる必要がなくなった」と、ザルロ・イルグリッズがつけたした。

「抵抗勢力をつぶすほかの方法を見つけたという他惑星のニュースも聞いた」

「そりゃあいろいろあるだろうよ」と、ホルム。「だがわれわれとなんの関係がある？　政府はわれわれにたびたび名誉をあたえ、数百年後にもまだ名声と賞讃を受けられるような任務をまかせてくれたんだぞ」

「ちがう、あんたはなんてわからずやなんだ！」イカルスが反論した。「数千年たっても、われわれは銀河系の大まぬけと呼ばれるだろう。ヒューマニドロームはわれわれを破滅させたんだ。三十五年前にはロクヴォルトは銀河系でもっとも裕福な惑星だった。ほかの種族からは羨望のまなざしで見られていた。それがヒューマニドローム建設の任務があたえられた。われわれは持っているものを文字どおりすべてこの怪物に注《つ》ぎこんだ。それでいまはどうなった？　あなたもロクヴォルトに行ってきただろう。われわれは倒産したも同然だろ。そうやってテラの権力者は望みをとげたのさ」

イカルスはこぶしを突きあげた。

「かれらはすべてを手中にした」と、かれ。「どこかで抵抗運動が起きたら、秘密警察がすぐに駆けつけ、介入する。ここヒューマニドロームでも秘密警察の工作員がいるのは知っているだろう。あなたが思いもつかない人物が工作員かもしれない。エンデハル・ロフは？　あなたの妻デニは？　だれにそれがわかる？」

「この体制にようやく気づいた者も多少はいるらしい」ザルロ・イルグリッズが皮肉をこめていった。「あなたは残念ながらそうじゃないみたいだが」

「嘘だ」ホルムは怒りだした。友だと思っていたふたりの男を激昂して見つめている。「自分たちの情けない盗みを弁解するためにいっているんだな。この役たたずめ！　あなたたちがおのれの欲望を充たし、禁じられた計画を実行するかわりに、ヒューマニドロームがロクヴォルトの負担になっているんだぞ」

「わかっていた」イカルス・ペルはため息をついた。「あなたは救いようがない」

「そっちもだ！」ホルムはとほうにくれてかれらを見た。「あなたたちをどうしたらいいものか。訴えでもしたら、わたしの父のような目にあうし」

「われわれが処刑されるということか？」シガ星人がたずねた。「あなたの父親の話がなぜ出てくる？」

「父もあなたたちのような計画を考えていたと聞いた」

突然かれは、エンデハル・ロフが自分の父のことをほのめかし、ぜんぶ話そうといったことを思い出した。当時、かれはそれを拒否した。たしか首席エンジニアはオフィスに〝アルミン・ホルム〟と書かれたヴィデオを保管していた。これまでなんの興味もなかったが、いまはちがう。

「ちょっと考えてみたい」と、かれ。「二時間だけひとりにしてくれ。それからまた会おう」

＊

かつてこれほどしずかに集中して考えごとをし、同時に痛恨の思いに駆られたことがあっただろうか。

父親のことをたずねた当時、エンデハル・ロフはなんといったか？　そうしようとしたのは同情だったのか、それともかれが信頼できるかどうかためそうとしたのか？

それはわからないし、確信がない。

ロフのところへ行って、〝アルミン・ホルム〟というレッテルが貼ってあるヴィデオを見たいといったら、かれはどう反応するだろう？　これまでの十年間と同じようにロフを信用できるだろうか？　それとも首席エンジニアは諜報機関の人間だったら？

考えれば考えるほど自信がなくなり、イカルス・ペルとザルロ・イルグリッズが正しいような気がしてきた。実際にペンデグとアラングウシャとロクヴォルトには類似点があるし、過剰な官僚主義、教育の禁止、悪魔崇拝、ヒューマニドロームのあいだにも関連がありそうだ。

そうした認識はすでに数年ほど前からかれのなかに兆《きざ》してはいた。しかし、かれはそれを自分の父の運命をめぐる疑問と同じようにすべて排除してきた。

いま、かれはその後に亡くなった母親に父親のことをたずねなかったことを強く悔いた。長年にわたって、よく知ることもなしに父親をきびしく非難してきたんじゃなかろうか。

おまえは臆病者だ！　かれは自分をとがめた。あらゆる問題から逃げ、いつもいちばん楽な道を選んでいるじゃないか。

そんなことをしたらおしまいだ。ヴィデオの内容を知っておかなければ！

「あなたたちと取引をしたいんだが」シガ星人とザルロ・イルグリッズがふたたびきたとき、かれはいった。「録画を持ってきてくれないだろうか。そうしたらヒューマニドロームでのあなたたちの秘密の活動と、うけた損害について他言しないから」

「どういうことかな？」ブルー族がたずねた。「わたしはなにをすれば？」

「おもな仕事はイカルスにたのみたい」エンジニアが答えた。「かれはロフのところに比較的かんたんにはいれるから。あなたの役目は、首席エンジニアの気をそらすこと。

録画を見るのに半時間ほど必要だ。そのあとでシガ星人にヴィデオをもとにもどしてもらいたい」

ふたりの友は同意し、すぐに仕事にかかった。一時間ほどでイカルス・ペルは録画をマイクロ反重力発生装置の助けを借りてなんとか運んできた。

「ひとりにしてもらいたい」と、ホルム。シガ星人が部屋を出てドアを閉めると、かれは録画を見はじめた。それは両親が家で撮影したさまざまな録画を編集したものだった。まずは子供の誕生を祝うためにやってきた人々のなごやかな映像である。ホルムは自分の義母にあたるエスマルダがそこにいたのに驚いた。だが最初はなにもわからなかった。その数分後、かれはこの女の陰険さを知り、自分の父の〝犯罪〟について知ったのである。

録画の最後でエスマルダはカメラに向かって説明している。アルミン・ホルムは、自分で建造した宇宙船が技術的にまだその段階でないので、スタートできないことになったと。

彼女は、宇宙船を建造するこころみそのものが禁止されている行為なので、かれの死刑はひるがえされることがないと強調していた。

「建設計画が発覚しただけでも」と、彼女。「かれを抹殺するための充分な理由になるでしょう」

ドアが開いて、エンデハル・ロフがはいってきた。

「わたしは知っていた」と、かれ。「きみがこの録画を手にするのをずっと待っていた」

ホルムは驚いて跳びあがった。自分を見失ったようでとても立っていられない。

「おちつけ」と、首席エンジニア。「わたしはエスマルダの行動についてきみの意見を訊きたい」

かれはシートに沈みこんだ。

「ちなみに、わたしは警察に友がいてね。かれがこのコピイをわたしにくれたんだ」ロフはかれに打ちあけた。「その後、かれは亡くなってしまった。ほかの大勢と同じようにエスマルダの犠牲になった」

「デニはこのことと関係ありません！」ホルムは激して叫んだ。

ロフはおだやかな微笑を浮かべた。

「わたしはそうはいっていないよ」と、かれ。「だがわたしがきみの立場だったら用心するだろう」

ホルムは装置のスイッチを切り、首席エンジニアに録画をわたした。

「心配するな」と、ロフ。「わたしはきみを裏切らないから。わたしはきみのお父さんの友だ。われわれは意見が対立することもあったが、基本的に近い位置にいた。かれを殺したエスマルダのことはけっして許さない」

「あなたはこの録画を十年間も保存されていました。堂々とね。エスマルダがこれを発見したら、彼女の恨みをかうのではないかと心配じゃなかったんですか？」

　ロフは笑った。

「前から知っていたと思うよ」と、かれ。「おそらく腹はたてただろうが、彼女はなにもできないから」

　アルバート・ホルムはうなずいた。

　もちろん彼女は首席エンジニアに対して手出しはできない！　かれはヒューマニドロームをネーサンと協力して開発した。かれなしには建設工事は終わらないだろう。彼女とて、ヒューマニドロームを脅かすことなくかれを排除することはできなかったのである。

　ホルムは首席エンジニアを信用した。

「それできみはエスマルダに対してなんというんだ？」エンデハル・ロフがたずねた。

「わたしは彼女を憎んでいます」ホルムは告白した。「父は彼女を信頼しましたが、彼女は父を殺しました」

「彼女には気をつけろ」と、首席エンジニアは警告した。「あいつは巣をはって獲物を待っているクモのようだ。きみが弱みをみせたら、つけこんでくる。わたしを痛めつけるためにね。わたしはきみを失いたくない」

　かれは父親のようなしぐさでかれの肩に手を置いた。

「ヒューマニドロームは完成させないとな」と、かれは力強くいった。「まだ十五年はかかる。そうすればゴールだ。われわれはあきらめない」

「ロクヴォルトがそれまでもつか心配です」ホルムがいった。「なぜテラは貸し付けをしてくれないのでしょう？　宇宙ハンザかギャラクティカムはわれわれを財政支援できるはずなのに」

　かぶりを振ったエンデハル・ロフの目には、狂信的な光が宿っていた。

「これは完全にわれわれだけのプロジェクトだ」と、かれ。「われわれが自滅する覚悟でことにあたれば、ヒューマニドロームは完成する！」

　それから首席エンジニアの表情がふたたびゆるみ、ほほえんだ。

「率直に話しあえてうれしいよ。わかっているだろうが、わたしは信頼していい。なにか問題があったら、わたしにいうんだ」

「いまのところひとつだけ問題があるのですが」と、ホルムが返事をした。

「いってみろ！」

「きょう、ナックを見たんです」と、かれは打ちあけた。「それにもう一名、なにかいました。まぼろしのような、幻影のような。薄暗がりだったので、はっきりとは見えませんでしたが。でも人間でなかったことはたしかです。まったく未知の存在でした」

　エンデハル・ロフははげしい驚きの表情を浮かべて、かれを見た。

「勘ちがいじゃないのか、たしかなのか？」つかえながら、やっといった。「そんなはずはない！　わたしが知らないうちに。ナックだと？　ありえん」

「場所をお教えしますよ」

ロフは呼吸困難になっている。

「それなら行こう。ナックは少数が銀河系に生きのこっているのは知っていた。特殊な体質で高次元のものすべてに適応する。だがかれらがヒューマニドロームに定住できるとは思いもしなかった」

かれはホルムを急き立てた。だが若いエンジニアはかれにナックを見せられなかった。ナックを目撃した空間が変化していたのである。周囲の壁の位置がずれ、さっきとはぜんぜんちがっていた。

「そうだろうと思った」と、エンデハル・ロフ。この数分間で何年も歳をとったように見える。「よく調べてみよう。ここは設計どおりになっていないぞ。その幻影のようなやつは、カンタロだという可能性はないだろうか？」

「申しわけないですが、わかりません。可能性はありますが、確信がないもので」

ロフはホルムをかれのオフィスにもどらせた。

そこで若いエンジニアはシートに沈みこんだ。デニと会うのが恐ろしい。彼女に無邪気な気持ちで対することができなくなってしまった。自分が望むかどうかにかかわらず、これからは彼女のことを父を殺した者の娘として見てしまうだろう。

おそらくイカルスとザルロは正しいのだろう。われわれは独裁体制に囚《とら》われている。これ以上ないほどの残酷さで、この体制は抵抗をこころみた民衆を屈服させる。ロクヴォルトも抵抗したのだろう。現在はどうなってしまったか？　ヒューマニドロームがその答えだ。

かれはそのことをデニと話すことができたらと思った。以前と変わらず妻を愛していた。しかし、かれがデニに打ちあけた話を、彼女が母親にこっそり伝えていないといえるだろうか。彼女に対する態度の変化は、結婚生活の終わりにいたる一歩なのかもしれない。

過去に信じていたことはすべてこの数分間で崩壊した。

そしてかれはほとんど革命的な考えをいだくにいたったのである。

父がしたことを、自分もしよう！　こっそりと宇宙船を建造するのだ。いつ完成するのかなんて、どうでもいい。だがいつかは逃げてやる。われわれをあやつり人形にしたこの独裁制を逃れるんだ。

当面、これはたんなる考えにすぎず、ゆるぎない決意があったわけではなかった。だがこの考えは時間の経過とともにかれのなかに根をはり、同時に政権とおのれの仕事に対する批判的な態度は強まっていくだろう。

8 ガルブレイス・デイトン

光景が急に変化し、ほかの者たちはみな困惑のあまり動けなくなってしまったかのようだ。だがアルバート・ホルムは、べつの惑星にきたみたいだと気づいていないかのように先に進んだ。たとえ丈の高い草が足にからまりついても、つねに色が変わる微光を発する素材でできたせまいパイプのなかを歩いている。この変化に対する説明はないかのようだ。だがエンジニアはこの道を何百回も通ったので、なぜそうなったのか知っていた。

かれはからっぽで燃えつきた気持ちだった。

最初の材料がロクヴォルトから宇宙へと輸送され、ヒューマニドロームの建設がはじまったのはちょうど五十年前だ。

だがかれの夢はかなわなかった。

デニとの結婚生活は暗礁に乗りあげている。夫が自分に不信感をいだいていることで、彼女は非常に苦しんでいた。デニとは対照的に、かれは結婚生活をもとどおりに修復しようとは思っていなかった。

エンデハル・ロフに対しては、かれはこれまで以上に心服し、ふたりはたがいに信頼できる友となっていた。

ナックと謎の未知存在を、かれもロフも二度と見なかった。だが、だれかがかれらの目を逃れてヒューマニドロームにいる気配は、何度も感じられた。それに建築計画にはない改造が発見されたこともたびたび。その一部はもとにもどせた。だがこの建造物はあまりにも巨大で、かれらも全貌がつかめないのだった。

アルバート・ホルムは、五十年にわたってヒューマニドロームを建設してきたロフとほかの要員はこれからどうなるのだろうと考えていた。任務は完了した。

大宇宙を見ることができる窓の前にきたかれは立ちどまり、ロクヴォルトを見おろした。惑星ロクヴォルトは恒星の光をうけてグリーンとブルーに輝いている。海と大陸をおおっている雲はわずかだ。

ホルムはデニといっしょに訪問して以来、ロクヴォルトには行っていなかった。悲惨な状態のロクヴォルトを見たくなかったのだ。それを見たらヒューマニドロームでの仕事をつづけることができなくなってしまっていただろう。

「位置の測定はできた?」甲高い声が響いた。かれはシガ星人の両足が自分の肩の上に着地したのを感じた。イカルスは二十年以上前と変わっていない。

「あしたからまたあのあそこで暮らすんだろ」と、イカルス・ペル。「水とパン。それ以上はなにもない場所で」

ホルムはこうべをめぐらせ、友を見た。

「で、そっちはどうなんだ、おちびさん？」と、かれはたずねた。「宇宙船の建造はどのくらい進んだ？」

シガ星人はにやにやして足踏みしている。

「きょうは盛大な完成祝賀パーティだ」と、かれは答えた。「全世界はヒューマニドロームの完成を祝うのだと信じているがね。そんなのお笑いぐささ」

「え、そうなのかい？」

「あたりまえだ！　実際にはわれわれの宇宙船の完成を祝うのだから！　派手なお祝いになるぞ、スーパーエンジニア！　ザルロとわたしは確信している。これで銀河系の境界を飛びこえられるとね」かれは笑い、自分の帽子を楽しげに振った。「いつかもどってきて、外には豊かな生活があり、われわれは何百年も前から外にある諸惑星の真の姿をいつわって教えられていたのだと、あっけにとられている世間に教えてやるのさ！」

「声が大きいぞ！」ホルムが警告した。「数日前からわたしが好ましく思っていない連中がこのあたりで仕事をしているから」

「エスマルダと諜報機関だ」と、イカルス。かれの陽気さは吹っとんでしまった。「それは大変だ」

「いつスタートするんだ？」

「きょうじゅうだ。それ以上のチャンスはない。いまはあらゆる種類の宇宙船がここでうごめいているからな。宇宙管制は手いっぱいだ。そうした状況だから、われわれのスタート条件はばっちりだ」かれは反重力ベルトで舞いあがり、手を振りながら去っていった。

アルバート・ホルムは大きな祝祭ホールに向かった。急がなければならない。客たちが竣工のセレモニーがはじまるのを待っているからだ。

祝祭ホールは隙間がないほどいっぱいだった。銀河系のすべての地域から客が集まり、ロクヴォルトがごちそうの準備をした。

「なんという皮肉だろう」しばらくしてふたりだけになったとき、エンデハル・ロフがホルムにいった。「ロクヴォルトの困窮は深刻そのもの。でもここではおいしい食べ物の重みでテーブルがたわんでいる。しかもこのごちそうのほとんどは残飯用のバケツに入れられる。客の多くは太りすぎないようにほんのちょっとしか食べないからね」

「あらそこにいたのね！」輝くような笑顔でかれの妻が近づいてきた。いちばん美しいドレスを着て、しっかりメークアップし、もう十年以上使っていなかったアクセサリーをつけている。かれは妻の美しさに驚いた。

「あなたにとってすばらしい日だから」そういって、彼女はかれを抱きしめた。「あなたのためによろこんでいるの」

妻のそばを彼女の母親が通りぬけていった。エスマルダはヴィデオで見たのと同じような帽子をかぶっていた。帽子は彼女自身の身長より丈があり、頭頂部では十数本ものカラフルな羽根が揺れていた。

「どうしたの？」と、デニが訊いた。「急にようすが変になったけれど」

「いいや」と、かれ。「ここでできれば見たくない人物を見かけただけさ」

彼女がそれに反応する前に、シントロニクスの旋律が流れた。その旋律は部屋全体を充たし、壁から壁へと振動が伝わった。大きな音ではなかったが、だれも逃れることができない。会話がとまった。

ホルムと妻から数メートルもはなれていないところで、ドアが開いた。

「最高位ギャラクティカーよ」デニがささやいた。

ガルブレイス・デイトンが部屋にはいってきた。

アルバート・ホルムはかたずをのんだ。何日か前からかれはこの瞬間のために準備していた。この有名な人物が登場する古い映画を見ていたのである。その人物と会えるのはうれしい。デイトンはかれにとって銀河系の大人物だからだ。

最高位ギャラクティカーの姿はかれにショックをあたえた。

″ミスタ・ギャラクティカム″と、多くの者たちから賞讃と愛情をこめて呼ばれていた人物は、ホルムが予想していたのとはまったくちがう姿だったからだ。

堂々たる押しだしだったが、ホルムが映画で見たデイトンではなかった。

かれは全身がおおわれていた。両手も義手のような手袋につつまれている。その頭には、技術の粋を集めたありとあらゆる装置がついている″感情エンジニア・ヘルメット″。その下で顔の上半分だけが見えた。鋼のようにするどいまなざしは、ホルムの魂の奥深くまではいりこんでくるようだ。

かれは自分のなかに恐怖がひろがるのを感じ、デイトンが感情エンジニアとして参加者たちにどのように対するのだろうと考えた。デイトンはその特別な能力により、個々の人間ばかりでなく客人全体の脳インパルスを正確に確認し、それに合わせて行動できるのだ。

ホルムはこうべを垂れ、床を見た。

かれはこの出会いにちがう期待をもってのぞんでいた。だが、いまわかったのだ。この不死者とかれとは、まったく考え方がちがうのだと。

ガルブレイス・デイトンはかれにとって未知で不気味だったので、不死者が演壇にのぼるためにかれのそばを通りすぎていってくれたことをよろこんだ。

熱烈な喝采が最高位ギャラクティカーを迎えた。

デニは夫の腕をつかんだ。

「かれが恐い」と、彼女はささやいた。「本当にデイトンなのかしら?」

かれは驚いて彼女を見て、ふたりは人々からはなれてじゃまされないドアのところまで数歩さがった。

「どういう意味?」と、かれはたずねた。

「かれはすごく冷たくてとりつくしまがない」と、デニ。「氷のように冷たい感情エンジニア。あれは感情ぬきのただのエンジニアだわ!」

彼女の目は無表情だった。

「ほんもののデイトンはとうに亡くなっていて、かれの細胞活性装置が、どこかのがらくたのなかにはいっているのかも。それともかれになにか起きたのかしら。カンタロがかれをプログラミングして、人間じゃない存在にした可能性もある。あのヘルメット!あれがなにか関係しているのかも」

かれは彼女を抱きよせた。

「それは憶測だろ、デニ」と、小声でいった。「そんなことをいったら危険だ。壁に耳ありだぞ。気をつけないと」

彼女はかれを見あげ、口をへの字に曲げた。

「母のことをいっているんでしょ?」と、デニ。「わたしは彼女とはもう関係ないの。

あなたはそれに気づいていないけどね。数年前に母が秘密警察のために働いていることを知った。あの人は悪魔よ。わたしは彼女を憎んでいる」

妻がそんなことをいうとは思いもしなかった。かれは妻をじっと見ていて、最高位ギャラクティカーがなにかいうたびに巻きおこる客の喝采を聞いていなかった。

「あなたはわたしを信じないの？」デニがたずねた。「彼女はわたしを問いつめたわ。あなたの尻尾をつかもうとしてたのよ。あなたの友がなにかを計画しているとかぎつけたから」

「友とは？」かれは用心深くたずねた。

「イカルス・ペルとザルロ・イルグリッズよ」

ホルムは笑った。

「きみがいっているのは、例の昔の宇宙船の話？」

彼女は夫の手をつかんだ。

「聞いて、バート」彼女はささやいた。「いまの話よ。それが本当だってことは、わたしはとっくに知っている。でもエスマルダはまだ確証がつかめないの。ふたりに警告して。きょうスタートしないと遅すぎる」

アルバート・ホルムもじつはかなり前から自分のために宇宙船を建造しようと計画していた。それればかりか、直径二十メートルの球体の設計を開始してもいた。しかし、いくつかのデッキの設備と、エンジンや各種供給システムの設計から先にどうしても進めなくなっていたのである。数年前から、この球体は作業が進捗《しんちょく》しないままヒューマニドロームの死角に置かれていた。

「自分自身が窮地におちいるかもしれないのに、どうやって警告するの？　きみのお母さんは、ぼくがかれらに警戒するのを待っているんだろ？　そうしたらぼくも片棒をかついでいると自白したことになるから。彼女が起訴理由をつかんだら、ぼくは父と同じ運命だ」

彼女の表情が曇った。

「そうね」と、答えがかえってきた。「エスマルダはあなたに不利な材料を探しているから。ロフに対してもなにかくわだてているかもしれない」

決心したように彼女は自分の母のほうに視線を向けた。

「わたし、母のもくろみをつぶすつもり。わたしがかれらに警告する」

ホルムが引きとめる前に、彼女は部屋を出ていってしまった。

客たちは熱狂していた。スピーチが終わるとガルブレイス・デイトンは両手をあげ、しずかにするようにと合図した。

「最後にひとこと」と、かれ。「たったいま聞いたのだが、ロクヴォルトの政府が本日退陣するとのことだ。政府は同時にこの惑星の破産を宣言した」

ホールはしずまりかえったままだった。客たちは凍りついたように最高位ギャラクティカーを見つめている。

かれはここでロクヴォルトの支援プログラムを発表するはずだ！　ホルムはそう考えた。

「ロクヴォルトはこの五十年間、前例のないほどの業績をあげた」デイトンはホールの一同に向かって声を張りあげた。「この惑星の住人をわれわれは評価するものである。ロクヴォルトは、現在おちいっている不況からもみずからの力で立ちなおれるものと確信している。この惑星とその住人の将来に幸あれ！」

アルバート・ホルムは最悪な気分だった。デイトンからみぞおちに一発食らったみたいだ。数分ほどこみあげてくる吐き気と戦っていたが、そのうちまわりが見えなくなった。

ふたたび気分が回復したとき、かれは最高位ギャラクティカーの目をまっすぐ見つめていた。

「きみがアルバート・ホルムだな」ガルブレイス・デイトンがいった。「ヒューマニドロームの仕事にその創造力のすべてを注ぎこんだという男たちのひとりか」

エンジニアはからだを起こした。

「わたしは自分にできることをしました」と、かれは答えた。

「おおいに誇りに思いたまえ」

「ヒューマニドロームがロクヴォルトを破産に追いこんでしまったことは悲しいです」

と、ホルム。「同時に、われわれは最悪の危機は脱したのだとも思います。ヒューマニドロームはわれわれのことを全銀河系に知らしめました。それはロクヴォルトの新しい富の源となるでしょう」

「なぜそう考える？」

きびしい目に凝視され、ホルムは頭が混乱してきた。

「ヒューマニドロームは、銀河系の出会いの場をつくるという目的で建設されたのではないんですか？」

「五十年というのは長い期間だ、わが友よ。そのあいだには多くのことが変化する。きみはわたしのスピーチを聞かなかったのか？　テラはヒューマニドロームをさしおさえた。現時点ではまだ公表できない任務のために使用されることになった」

アルバート・ホルムは心の支えを失った気分だった。

「さしおさえた？」と、かれ。

「そのとおり」デイトンが肯定した。

「でも、わたしは……」

「銀河系のあらゆる地域からヒューマニドロームを見るために訪問者が集まるなんてい

うことを、なぜ考えた？　自由な宇宙航行を夢みているのか？」

「それがなにか？」

ガルブレイス・デイトンの目がきびしくなった。

「きみはわたしの質問に問いかえすつもりか？　たいした度胸だな、若き友よ。きみの父上も夢を持っていて、それが命とりになったと聞いたが」

「わたしはそのことをよく知ってるわ」エスマルダが会話に割りこんできた。冗談をいったときのように、ほがらかに笑っている。「あなたも知ってるわよね！　そうでしょ？」

アルバート・ホルムは窮地に追いこまれた。

「知っています」かれは答えた。「父はそのために死刑になりました」

「このばかどもは、防御壁の向こう側に生命体がいるなどとなぜ考えるんだ？」と、デイトン。「それがよくわからん。史実はよく知っているだろうに。防御壁を乗りこえようとした者は、すべて命を落としている」

「そのとおりよ」エスマルダが同意した。「昔のテラの伝説の主人公にイカルスがいる。かれは空中に飛びあがり、太陽に近づきすぎた」

「知ってます」ホルムが彼女をはげしくさえぎった。「翼が溶け、墜落しました」

「もうひとりのイカルスも防御壁で命を落とすわ。たとえ宇宙船でスタートすることに成功したとしてもね」

ホルムはそれを否定するように胸の前で腕組みした。

「なんの話かわかりませんが、エスマルダ」と、かれ。「わたしはヒューマニドロームのことしか考えてきませんでした。イカルスの伝説には興味がありません」

「知っておくべきだがな」ガルブレイス・デイトンはそういってから、ホルムに背を向けてエンデハル・ロフに近づき、食事のためにかれとともにテーブルについた。

エスマルダは輝くような笑みを浮かべ、ホルムを見た。

「聞いた、バーティ？」彼女はたずねた。

「なんのことでしょう？」かれは無愛想に応じた。

彼女の笑みが消えた。

「あなた、何年も前から知っていたでしょ。シガ星人とブルー族がヒューマニドロームの建材を盗んで宇宙船をつくっていたことを」そういって、冷たい目でかれを見た。その目には彼女という存在の残酷さがありありと浮かんでいた。

「ばかげた噂です」と、かれ。「もういいでしょう。そろそろなにか食べたいのでね」

「あのドアから出て！」彼女が命令した。「人目をひくわけにはいかないわ。さあ、出て」

かれはしたがった。彼女に抵抗しても意味がないことは明らかだから。

ドアが閉まると武装した秘密警察二名が立っていた。

エスマルダは彼女の奇妙な帽子を脱いで、床に無造作に投げた。

「どこなの？」彼女が質問した。

「なんの話ですか」と、かれ。

二名のうちの片方がかれの腹をげんこつでなぐった。苦しさのあまり、ホルムは倒れた。

「どこなの？」彼女はくりかえした。

「それがヒューマニドロームで二十五年間働いたことの報酬ですか」と、かれはいった。

「心からお礼をいいますよ！」

「いいでしょう」と、彼女はため息をついた。「こうするしかない」

武装警察官のひとりがかれの両腕をつかみ、もう片方がかれの首になにかを押しつけた。しゅっとちいさな音がした。ホルムは皮膚になにかが刺さったのを感じ、すぐに気分が悪くなった。立っていることができない。

「抵抗は認めません」エスマルダの声がした。「イカルス・ペルとザルロ・イルグリッズが建造した宇宙船のところにいますぐ案内して。急ぐのよ。かれらがスタートする前に行かないと」

アルバート・ホルムは要求されたとおりにした。内心でははげしく抵抗しているのにもかかわらず、足が勝手に動く。注射された薬剤が、かれの意志を排除しているのだ。

「あなたにいわなきゃいけないことを、忘れていたわ」宇宙船がかくされている場所に向かう途中で、彼女がいった。「この数十年間、たくさんの男女がヒューマニドロームで働いて、節約したお金を銀行口座にためていたでしょ。あなたもね。かなりの資産があることはわかっている」

彼女の言葉はかれになんの感情も引きおこさなかった。

「あなたはここヒューマニドロームでぜいたくに暮らしてきた。わたしたちがロクヴォルトでなにもかもあきらめなくちゃならなかったときに」皮肉たっぷりだ。「だからあなたの資産をさしおさえることは正しい」

彼女はけたたましい笑い声をたてた。かれの過酷な仕事に対する二十五年分の報酬をだましとったことが、彼女には痛快だったのである。

アルバート・ホルムはなにも感じない。注射された薬が感情というものを奪ってしまったのだ。

かれらは大きな装甲ハッチまできた。その向こうの立入禁止のエリアに宇宙船がある。

「開けて！」エスマルダが命令した。

かれらのわきのハッチが開いた。ホルムは振りかえった。デニとザルロ・イルグリッズが近づいてくる。荷物と装備品を身につけている。ふたりとも逃亡のために宇宙船に

22歳の新卒社長に課せられた条件は――

たった1年で10億円の企業を作ること!?

AI起業家にしてSF作家が描く、
令和最強のお仕事小説

松岡まどか、起業します

AIスタートアップ戦記

安野貴博

日本有数の大企業・リクディード社のインターン生だった女子大生の松岡まどかは、突然内定の取り消しを言い渡される。さらに邪悪なスカウトに騙されて、1年以内に時価総額10億円の会社を起業で作らねばならず……!?　令和、AI時代のスタートアップ快進撃！

四六判並製　定価1980円［18日発売］　(eb7月)

世界で最も影響力のあるコンサルティングファームの
実態とは？　そしてコンサルに未来はあるのか

マッキンゼー
――世界を操る権力の正体

ウォルト・ボグダニッチ＆マイケル・フォーサイス／中山　宥訳

eb7月

企業や政府に助言を与える国際的なコンサルティング会社、マッキンゼー。輝かしいパブリックイメージに隠された裏の顔をジャーナリストである著者らが暴く。レイオフの推奨、安全性の不整備、労災の隠蔽……過剰な利益の追求が労働環境を悪化させていた――。

四六判並製　定価２９７０円［18日発売］

『グッド・フライト、グッド・ナイト』著者最新作。
無辺の天空の下に広がる、世界の都市の魅力とは。

グッド・フライト、グッド・シティ
――パイロットと巡る魅惑の都市

マーク・ヴァンホーナッカー／関根光宏・三浦生紗子訳

eb7月

ピッツフィールド、ソルトレイクシティ、ケープタウン、ロンドン、そして東京。街灯のきらめき、風の匂い、宵闇のあわい、ひとつとして同じものはない――ボーイング７８７の現役パイロットが、30を超える世界の都市の美しさを詩的な筆致で描き出す至高のエッセイ。

四六判並製　定価２７５０円［18日発売］

ブッカー国際賞、高校生が選ぶゴンクール賞を
受賞した、戦争文学の新たな傑作

夜、すべての血は黒い

eb7月

仏軍セネガル兵アルファは、友人を看取っていた。痛みから解放するため殺してほしいという友の願いは叶えられないまま。恐怖と罪悪感に取り憑かれたアルファは、やがて敵兵を捕らえ、残虐な儀式をくり返す。第一次大戦の兵士の心理を描くブッカー国際賞受賞作

世界的バトルロイヤル・ゲーム「ＰＵＢＧ」の開発者による
大型ゲーム化進行中！　韓国ファンタジイ話題作

涙を呑む鳥1
ナガの心臓（上・下）

イ・ヨンド／小西直子訳

eb7月

人間、ナガ、トッケビ、レコンの四種族が暮らす大陸。その南方に暮らすナガの少年リュンは、死の際の友に託された使命を果たすべく北へ旅に出る。そして彼を守るため三人の仲間が集まった……。〈ドラゴンラージャ〉著者による本格ファンタジイ、シリーズ開幕

四六判並製　定価各２６４０円［18日発売］

『転生令嬢と数奇な人生を』が新サイト〈ハヤコミ〉で
しろ４６によるコミカライズ決定！

元転生令嬢と数奇な人生を2
精霊の帰還

かみはら／イラスト：しろ４６

eb7月

平行世界から、やっとの思いで帰還した転生令嬢カレン。皇帝ライナルトとの新婚生活を満喫していたのも束の間、今度はライナルトに異変が!?　カレンは意識のない彼に代わり皇帝代理として立つことに。皇帝不在の裏には世界の変革の兆しが……書き下ろし短篇付

四六判並製　定価２４７５円［3日発売］

HPB2005

田舎に引っ越してきた夫婦を怪現象が襲う、
戦慄のホラーサスペンス

幽囚の地

マット・クエリ＆ハリソン・クエリ／田辺千幸訳

eb7月

都会の喧騒を離れ田舎に家を買ったブレイクモア夫妻。そこに、隣人のダンが忠告にやって来る。この地には精霊が住んでおり、季節ごとに彼らを悩ませるというのだ。最初は不気味な光が飛び回る程度だったが、やがて精霊たちは夫妻に直接危害を加えはじめ……。

ポケット判　定価２９７０円［3日発売］

台湾現代作家による傑作を集めたシリーズが始動！
一巻目は選りすぐりの近未来短篇アンソロジー

台湾文学コレクション1

近未来短篇集

伊格言・他　三須祐介訳
呉 佩珍、白水紀子、山口 守編

先端技術を敬遠する母と反発する娘を描く「2042」、恋する相手のデータを収集する女性の行き過ぎた愛情の行方を語る「USBメモリの恋人」、逃げた介護ロボットの真相を痛切に描く「小雅」など、台湾の実力派作家たちの選りすぐりの傑作ＳＦ８篇を収録

四六判並製　定価3190円［3日発売］

日本統治下の台湾で生きた母の真実とは?
過去と現代を往還する台湾の巨匠の傑作長篇

台湾文学コレクション2

風の前の塵

施 叔青　池上貞子訳
呉 佩珍、白水紀子、山口 守編

日本統治下の台湾で弾圧される先住民の青年。日本人に憧れる客家人の写真家。日本人村で育つ警察官の娘、月姫。彼らは何を願い、誰を愛したのか？　時を経て、月姫の娘の無弦琴子は期せずして亡母の足跡をたどる。史実と幻想を織り交ぜて描かれた傑作歴史小説。

四六判並製　定価3190円［18日発売］

SF2418

デシベル・ジョーンズの銀河《スペース》オペラ

キャサリン・M・ヴァレンテ／小野田和子訳

eb7月

全銀河の芸術コンテストで　地球人代表が好成績を残さなければ人類全滅!?　地球の命運はとある冴えないロックスターに託された！

定価1848円［18日発売］

JA1576

近未来ファーストコンタクト・シリーズ第3弾

知能侵蝕3

林　譲治

eb7月

偵察期間は終わったのか？——アフリカ中部を占領したオビックのロボット兵たちは、驚くべき行動に出る。とまどう人類の運命は？

定価1210円［18日発売］

NV1527,1528

冷戦後の諜報戦をユーモラスに描く巨匠ル・カレ後期の傑作

パナマの仕立屋（上・下）

ジョン・ル・カレ／田口俊樹訳

eb7月

英国の諜報員オスナードは、パナマ運河返還後の政情を探るためパナマへ向かう。彼は要人御用達の仕立屋ハリーに目をつけ……。

定価各1452円［18日発売］

NF611

アメリカの光と闇を描き切った犯罪実録。エドガー賞受賞

万博と殺人鬼

エリック・ラーソン／野中邦子訳

eb7月

万博間近の19世紀末シカゴ。欲望うごめく大都会に「殺人ホテル」を構える猟奇殺人犯が潜んでいた。『悪魔と博覧会』復刊文庫化

定価1848円［18日発売］

い！　海外編第3位

』の衝撃の続篇

の客人

ーズ／加賀山卓朗訳

ィが開かれる館。新聞記者ジェイ

こパーティへ招かれるが……

［3日発売］　eb7月

宅香帆さん推薦！

読書エッセイ

孤独』を

に読む

とん

者の代わりに読む「私」。ところ

だ自主制作本を文庫化。

賛発売中］　eb7月

行こうとしているのだ。

エスマルダが怒りくるって叫んだ。

「撃つのよ！」と、命令する。

デニとブルー族は荷物を下に落とした。ザルロ・イルグリッズはパラライザーで秘密警察の二名を撃った。かれのほうが早かった。

デニは母のわきをすり抜けてホルムに駆けよった。彼女はかれの腕をつかみ、ブルー族は装甲ハッチを開けて荷物を宇宙船まで引きずっている。

「きて、バート」彼女は懇願した。「宇宙船にはわたしたち全員のためのスペースは充分あるわ」

エスマルダは娘に駆けより、彼女を引きもどした。

「行かせないわ！」彼女は金切り声をあげた。「あなたたちはみんな死ぬ運命よ！」

デニは母親を突きはなした。

「あなたを軽蔑する」彼女は冷たくいいはなった。「死ぬべき者がいるとしたら、それはあなたよ」

アルバート・ホルムはぼうっとして立っている。かれはデニとブルー族がきた通廊を見た。百メートルほどの長さだ。制服を着て武装した男たち十名が突撃してきた。

「デニ」彼女に気づかせようとして、かれはやっといった。

彼女は振りかえった。手に武器を持っている。制服の男たちを熱波で押しかえすために通廊に発砲しようとしているのだ。だがエスマルダはその瞬間に逃げようとした。彼女は攻撃をまともにうけ、致命傷を負って床に沈んだ。

「走れ！」驚愕のあまり武器をとりおとしたデニに、ザルロ・イルグリッズが叫んだ。かれは彼女をつかみ、向きを変えて、装甲ハッチへ押しこみ、宇宙船のエアロックに無理やりいれた。それから振りかえってホルムに駆けより、かれも連れていこうとした。デニは茫然とエアロックに立っていた。どうしていいのかわからないのだ。イカルス・ペルはスピーカーで彼女に船にはいるようにどなっている。彼女はとまどっていた。ホルムまであと二歩の距離にいたザルロ・イルグリッズが、パラライザーの放射を浴びて倒れた。

イカルス・ペルは状況を把握し、行動に出た。装甲ハッチを無線で制御し、閉じたのである。ハッチが音をたててロックされた。それからかれは、デニが宇宙船から出られないようにエアロックを閉めた。

数メートルしかはなれていないところで、アルバート・ホルムとザルロ・イルグリッズは逮捕され、一方のイカルスは格納庫エアロックを開いて、宇宙船をスタートさせた。宇宙船はヒューマニドロームからたちまちはなれ、宇宙の深淵に消えていった。

ジェヴォニアへの逃走

H・G・フランシス

登場人物

アルバート・ホルム…………ヒューマニドロームのもとエンジニア
エシュラクサン……………………パンを盗んでつかまった老人
ザルロ・イルグリッズ…………アルバートのもと同僚。ブルー族
オッジル・イルグリッズ………ザルロの息子。ブルー族
エイララウド……………………シラーダのメンバー。ブルー族
レタン……………………………同メンバー。アルコン人
アフラブ・アルダハン…………ＬＦＧの宇宙船船長。アルコン人

1 囚人

鞭《むち》でたたかれ、アルバート・ホルムは地面に倒れた。

「働け！」と、ロボットが命令する。「おまえが引きおこした損害をとりもどすためにやってるんだぞ。働くんだ！」

「いわれたとおりにしますから」と、ホルムはあえぎながら答えて、雨でぬかるんだ地面から立ちあがろうとした。

もう一度鞭が振りおろされた。

「自分が答えたことを忘れたのか？」と、ロボット。ヒューマノイド型ロボットで身長が二メートル半もある。

「いいえ、ご主人さま」エンジニアがつかえつかえいった。「どうぞ、許してください！」

「仕事にもどれ」

「はい、ご主人さま」

ホルムは必死に立ちあがり、斧で木の根を切断した。

ロボットはすぐにほかの囚人を選びだし、その男を殴りはじめた。

アルバート・ホルムは両手で髭《ひげ》のはえた顔をこすり、雨でぬれた髪の毛を目からはらいのけた。

「まだどのくらいこんな生活に耐えなくちゃならんのかな？」エシュラクサンがそういって、斧をおろした。白髪で背が曲がった男で、頬はこけ、目は落ちくぼんでいる。もう精も根もつきはてているように見えるが、かれはこんな感じでもすでに何年も生きぬいているのだ。

「これからあと五十年かね」エンジニアが答えた。

「もう五十年もここにいるんだろ？」エシュラクサンが訊いた。

「ちょうど五十年前のきょう、ヒューマニドロームの竣工式があった」そういうあいだも、ホルムは斧で木の根をたたき割っている。かれらは惑星ロクヴォルトのジャングルの囚人キャンプにいた。

かつての工場の敷地は一面に植物が生いしげっている。囚人たちの仕事は、植物に埋もれた工場をふたたびもとの状態にもどすことだった。「その日にわたしは刑を宣告されたんだ。二十年間の強制労働だ」

「二十年？」老人が不思議そうにいった。「もう五十年たってるじゃないか！」

「終わりはないんだよ」と、ホルムが答えた。「釈放の日が近づくと、かれらはまたべつの有罪判決の理由を見つけだす。ロボットに〝ご主人さま〟といい忘れたなんて理由もね」

「本当か？」エシュラクサンは言葉につまった。「わたしはあと一年だ。パンを盗んだんだ。それでこの地獄で五年もすごすはめになった。刑期がのびるなんてまっぴらごめんだぜ」

「やつらはやりかねないぞ。この五十年でだれかが釈放されるのを見たことがない」

エシュラクサンがとりつかれたようにはげしく木の根をたたき割ったので、その下から金属部品が出てきた。

「脱走しないか？」かれがたずねた。

「どこに？」ホルムが淡々と応じた。かれはしずかに斧を振りあげ、力をこめて木の根に振りおろした。「ロクヴォルトではだれもかくまってくれない。パンひと切れを恵んでくれる者もいないさ。自分が食べるものさえないんだから」

「なにもかもあの呪われたヒューマニドロームのせいだ！」その巨大な構造物は雨雲のせいで見えないのに、エシュラクサンは空を見あげた。「あの狂気の沙汰に手を貸した者を見つけたら、こてんぱんにやっつけてやる」

ホルムは苦笑した。

「強迫はやめてくれ」と、かれはいった。「わたしはエンデハル・ロフの助手だったんだ。それでかなりひどい目にあったが」

かれは木の下に貴重な制御モジュールを発見した。工場の稼働に欠くことができないシントロニクス・ユニットだ。それを斧で一撃して破壊すると、すこし気分がすかっとした。けたたましい笛の音がした。囚人たちは工具を下に置き、木の根に腰をおろした。雨がぱらぱらとあたる。

シリンダー型ロボットがぬかるみを移動してきて、囚人たちに食べ物をあたえた。ちいさな器にこってりした肉スープがはいっている。

「なぜ耐えられる？」と、エシュラクサンがたずねた。「ロボットにさんざん鞭でたたかれても、どうしてシャツが血染めにならない？　あれほどたたかれたら、わたしなら皮膚が裂けてしまうが」

アルバート・ホルムはスプーンでスープをむさぼるようにたいらげている。そればかりか、木の根のあいだにいた指ほどの太さの虫もつまみあげ、食べてしまった。

「なぜそんなことを？」エシュラクサンは吐き気をもよおした。

満腹になってから、ホルムはようやく答えた。かれはシャツを開いて胸を見せ、それから肩を見せた。シャツの下には厚いかさぶただらけの皮膚があった。

「わたしは元気でいたい。いつの日かチャンスがめぐってくる。そのときに衰弱してぬかるみにはまったまま動けないのでは困るからね」

「これはなんだ?」エシュラクサンはうろたえて、かれの肩を指さした。「こんなもの、これまで見たことがない」

「〝アラングウシャいぼ〟さ」みんなからエンジニアと呼ばれているその男は、にやりとした。「あの悪魔崇拝者の惑星ではやっていた〝いぼ〟に、自分から感染したのさ。これが装甲板のような役割をはたす。だから、ロボットから何時間もたたかれてもわたしはなにも感じない」

「よく考えたな」

「長く囚《とら》われていると、いろいろ知恵がつくのさ」

エシュラクサンは感嘆の目でホルムを見た。かれはこのグループに数日前にくわわったばかりだが、そのあいだに、このもとエンジニアがほかの囚人たちから非常に尊敬されているのに気づいていた。たくさんの者たちが囚人生活で苦しみ、ぼろぼろになっていた。だがホルムはちがう。どんなことにも動揺せず、それほど老《ふ》けてもいない。

「逃亡しようと考えたことがないのか?」エシュラクサンがたずねた。

「ときどき考えているさ。だがあきらめている。どこに逃げたらいいかわからないからだ。逃げたやつは大勢いるが、みな連れもどされた」

「どこに逃げたらいいかわかったら、どうする？」

「ロクヴォルトを出られるなら、逃亡にも意味がある。銀河系全体で行く価値のある惑星はただひとつ、ジェヴォニアだ！」

「ジェヴォニア？」と、エシュラクサンが訊きかえした。意味がわからないらしく、かぶりを振っている。「聞いたことがない。それはなんだ？」

「パラダイスさ」と、ホルム。「銀河系にある唯一のパラダイスだ。タルゴ星系のジェヴォニア。だがそのことは忘れろ。宇宙船がないんだから、行けるはずがない」

エシュラクサンはかれの膝に手を置いた。

「わたしは宇宙船がどこにあるか知っている」と、かれはささやいた。「ここからそれほど遠くない。せいぜい百キロメートルだ。もちろん修理は必要だ。だがあなたはエンジニアだ。故障をなおせるだろう」

アルバート・ホルムは立ちあがった。ちょうどそのとき笛が鳴って、ロボットが囚人たちに作業の再開を要求した。

「で？」と、興奮ぎみにエシュラクサンが訊いた。「どう思う？」

エンジニアは答えなかった。

*

真夜中にアルバート・ホルムは目ざめた。だれかが肩に手を置いたからだ。エシュラクサンが暗やみのなかでかれの前でしゃがみこんでいる。

「どうした？」かれは小声でいった。

「宇宙船のことだ。どう思う？」

ホルムはふたたび目をつぶり、答えなかった。

「わたしはそこにいた」エシュラクサンがつづけた。「ひとりの友とね。かれは宇宙航行のことをすこしは知っていた。かれが仲間数名と逃亡しようとしたとき、やつらはかれを撃った。あれがなきゃ、われわれはとうに出発していたさ」

エンジニアはまだ答えない。

「五十年」と、老人がつぶやいた。「あとどれぐらい待つつもりなんだ？」

「どの方向にある？」ホルムがたずねた。

「南東だ！　流れに沿ってまっすぐ。筏《いかだ》があれば大丈夫」

「寝ろ。話はあすだ」

翌日はそれまで以上にひどい雨だった。四人たちは膝までぬかるみにつかって作業場に行った。工場の上には新しい根が無数に張っていて、まるで森が全力で工場を防衛しているかのようだ。

偶然をよそおって、最初の休憩のときにエシュラクサンがホルムの横にきた。

「あのことを考えたか？」エンジニアがこぶし大の甲虫を食べているのをいやいや見ながら、かれはたずねた。

「こいつはうまい」ホルムが応じた。「いい蛋白質《たんぱく》だ。昔はこの虫は珍味だといわれていたんだぞ」

かれはエシュラクサンをじっと見た。

「川までは五百メートルだ。流れははやい。水に飛びこんで流れに身をまかせる。二時間くらいだ。それから上陸して筏をつくる」

老人はからだのどこかが痛んだときのようにまぶたをぎゅっと閉じた。

「川トカゲは？」と、かれはいった。

ホルムはまだ生きている甲虫をかれにさしだした。

「それでこれを食べたのさ」と、かれは答えた。「この虫を食べると、野獣もひるむほどひどい体臭がする」

「わたしはとても食べられない」エシュラクサンは吐き気をもよおした。

「じゃあ、逃亡はあきらめろ」

老人は甲虫を手にとり、目をつぶってそれをふたつに割って食べた。

「よしよし」かれがやり遂げたのを見て、ホルムがほめた。「あんたと危険をおかす気になってきたぞ」

主導権を握ったのはホルムだ。作業をしながらゆっくりと川に近づき、エシュラクサンはそれにつづいた。根を切りはなし、大きな山にほうりなげ、川にもっと近い根を探す。こうしてかれらは最初に作業していた場所からはなれ、囚人集団の中央ではなく端のほうにきた。

「注意しろ」エシュラクサンがささやいた。「ロボットだ！」

はっきり聞きとれる音がして、鞭がホルムの背中に打ちおろされた。

「急げ！」ロボットが命じた。「もっと成果をあげろ」

「はい、ご主人さま」アルバート・ホルムがへりくだって答えた。

ロボットは向きを変え、ほかの囚人たちを見ている。その瞬間、エンジニアは行動した。かれの斧が空中を舞い、ロボットの背中の金属プラスティック層をつらぬき、その下にかくされたシントロニクスを砕いた。ものすごい音がしたが、その音はほかの囚人たちが斧を打ちおろす音でかき消されている。ロボットは動きをとめ、立ったままだ。

ホルムは二体めの監視ロボットのようすをうかがった。このロボットが囚人に鞭をあてているのを前に見たのだ。いまもロボットは囚人を痛めつけていて、こちらに背中を向けている。

ホルムは勢いよく動いた。斧を肩にかつぐと、老人といっしょに近くの森へ駆けこんだのである。気づかれずに藪まで行きついた。

「急げ」かれはエシュラクサンを急《せ》き立てた。「二、三分しか時間はない」

警報が甲高《かんだか》い音をたてたとき、かれらはまだ百メートルもはなれていなかった。

「あせるんじゃないぞ」と、エンジニア。「われわれを畏縮させているだけだ。われわれがどこに行ったのか、やつらにはまだわからない。雨が足跡を消してくれる。ロボットのシントロニクス・プログラムには囚人が川に逃亡するという情報ははいっていない。トカゲがいるから不可能だということになっているからね。われわれにはチャンスだ」

ほどなくかれらは川岸に着いた。川幅は二百メートルほど。十メートルもはなれていない浅瀬に数十頭の装甲トカゲがいて、雨水を浴びている。

エシュラクサンは躊躇《ちゅうちょ》した。

「自殺するようなもんじゃないか」あえぐようにかれはいった。

「あの虫がわれわれを守ってくれる」と、ホルムは答え、かれを引っぱった。ふたりは膝ほどの水深の浅瀬を走りぬけた。と、トカゲは驚いて跳びあがり……逃げていくではないか！

エンジニアはけたたましい笑い声をあげた。

「ほら、見ろ」かれは叫んだ。「まるでわれわれが恐ろしい疫病にかかってるみたいじゃないか」

かれらは浅瀬を横ぎり、水にはいった。流れがかれらをとらえ、押し流していく。

エシュラクサンは不安げに頭をもたげた。川岸にはすくなくとも体長が三メートルはあるトカゲがうようよしている。トカゲは頭をあげているが、襲ってくることはなく、かれらを見送っている。

「たしかに効いたな」老人が痛快そうにいった。「信じられない」

アルバート・ホルムは黙ってほくそ笑んだ。

「じたばたするな」と、かれは忠告した。「泳ぐ必要はない。水がわれわれを運んでくれる。水面に浮かんでいれば、それでいい」

かれらは川の中央を漂っていた。川幅がだんだんにひろくなった。しばしば近くに肉食トカゲがあらわれるが、トカゲは無視を決めこんでいる。

一時間ほどたったとき、ホルムがエシュラクサンに反重力グライダーを指さした。一キロメートルほどはなれた上空を飛んでいる。「もっと近づいてきたら、もぐるんだ」と、ホルム。「あっちはわれわれより視界がよくない。だから流木だと思うだろうが、もっとくわしく調べてみようとするかもしれないし」

「赤外線探知装置や個体走査器がなければいいんだが」と、老人。「そうしたらかれらの目を逃れられない」

「ロクヴォルトが破産したのを忘れたのか」と、ホルム。「この惑星はヒューマニドロームを建設するために身ぐるみ剝がされたんだぞ。高い装備品を買う資力はのこっていない」

さらに一時間してからホルムはエシュラクサンに合図した。

「おそらく逃げおおせた」と、かれ。「ここまではやつらも捜索しない」

事実、グライダーはもうあらわれなかった。手つかずの自然のなかにふたりきりになったかれらは、徐々に岸に近づいた。水深が浅くなり、ついに歩けるようになる。ここにも大きなトカゲがひそんでいて、いざというときのためにエシュラクサンは斧をしっかり握りしめた。しかし、ホルムは恐怖心がないらしい。肉食獣のすぐ近くを、かれらに目もくれずすたすた歩いていく。

浅瀬には筏をつくるための流木が充分にあった。

「水でぬれないように筏を使おうと思っていたんだが」と、老人が笑った。「何時間も雨がやみそうもないなら、同じことだな」

「それはいいことなんだぞ」と、ホルム。「雨が降れば降るほど、われわれにはチャンスがある」

かれらは蔓植物を切りはなし、それで木を束ねた。こうして筏を川に浮かべ、あとは流れにまかせた。

アルバート・ホルムは筏にうずくまり、うとうとしている。だが老人はつねにまわりを見て、筏の近くにトカゲがあらわれるたびにびくびくしていた。くりかえしわきにいる男を探るように見た。この男の能力なしには逃亡できない。

「どうした？」かれはホルムをどなりつけた。「寝てるんじゃないだろうな」

エンジニアは頭をあげ、おちついた顔でかれを見た。

「いいじゃないか」と、かれは冷静にいった。「やつらはわれわれを見つけてもなにもできない。ひとまずおちついて力を蓄えるんだ。これから力が必要になるから」

それからかれは本当に寝てしまった。

川くだりをしている四時間のあいだ、エシュラクサンはグライダーをただの一機も発見せず、トカゲも襲ってこなかった。しぶしぶではあるが、かれはホルムが正しかったと認めざるをえなかった。それまでは不安と緊張のためにおちつかなかったのに、気持ちがしずまり、雨が降りつづいているにもかかわらず眠気まで襲ってきた。

「もうすぐ着く」と、ホルム。「宇宙船は川のどっち側にあるんだ？　どこに接岸すればいいのか目印はあるのか？」

「右側だ」と、エシュラクサンは答えた。「森から円錐形の岩が三つ突きでている」

棒きれを使ってホルムは筏を右岸によせた。

「通りすぎていないといいんだが」と、老人はうろたえている。「よく注意していなかったものだから」

「それほどはやくは進んでいないはず」と、ホルム。「それからというものエシュラクサンは岸から目をはなさなかったが、ついに勝ちほこったように叫び声をあげた。

「あそこだ」と、かれは大声を出して、植物が生いしげった三つの巨岩が森からそびえている岸を指さした。

エシュラクサンは筏を岸につけようと、無我夢中で漕いでいる。

「助けてくれないのか」と、ついにかれはホルムに呼びかけた。

エンジニアはまったく動こうとしない。ついに疲れはてた老人は漕ぐのをやめた。ぜいぜいいいながら、かれは逃亡の道づれを見た。

「あんたがよくわからない」かれはかぶりを振った。「宇宙船のところに行きつかなきゃ話がはじまらないんだぞ。ここで上陸したら、ほんのすこし森と格闘すればそれで終わりだ。あの岩からはなれればはなれるほど、大変なのに」

アルバート・ホルムは腕組みして目をつぶった。エシュラクサンは怒りにまかせて棒きれを振りあげ、エンジニアをたたこうとした。そのとき突然、かれは筏が回転しているのに気づいた。わきのほうに引っぱられる渦潮にはまっている。ふたつの浅瀬のあいだで、筏は反対側の岸へ近づいていた。かれが棒きれで漕ぐよりずっと強い力で。

エシュラクサンは棒きれから手をはなし、しずかな水域にはいるまで、筏を流れにまかせた。それからホルムはおもむろに一本の木ぎれをひろいあげ、何回か漕いだだけで岸の近くによせ、ふたりは上陸した。ホルムは立ちあがると冷静に川トカゲのわきを歩いていく。木々の下まできたとき、はじめてかれはうしろを振りかえった。

エシュラクサンは恥ずかしそうな顔でかれにつづいていた。

「で？」と、エンジニアはたずねた。

「森をあと一キロメートル行けばいい。探さないとならない。宇宙船は木でおおわれているから。見つかればいいが」

かれらは幸運だった。すぐに円錐型宇宙船に行きついたからである。宇宙船は、植物がびっしりからまった高さ四十メートルの丘のような印象だった。

2 宇宙船

「ガルダンに感謝します！」アルバート・ホルムがエアロックのハッチを無事に開けたとき、エシュラクサンが叫んだ。かれはなかにはいり、両手で髪の水を絞っている。

「ガルダンの守護に永遠に感謝します」と、老人はいった。

ホルムは動揺した。エシュラクサンがアラングウシャの悪魔崇拝者の一味だと知っていたら、かれといっしょに逃げはしなかっただろう。狂信主義者たちのおかげで不安と恐怖におちいった経験は、忘れようにも忘れられない。

「はいらないのか？」エシュラクサンが訊いた。「エアロックのなかは乾燥していて快適だ」

アルバート・ホルムはなかにはいり、ハッチを閉めた。頭上で照明エレメントが点灯。

「アラングウシャ出身だとなぜいわなかったのか？」かれがたずねた。

「アラングウシャに行ったことはない」

「だがガルダン信者じゃないか。かれらはアラングウシャにしかいない」

　老人が笑った。

「わたしはハロプ星系のフッズからきた。あの惑星にはずいぶん前からガルダン崇拝がある。ペリー・ローダンが、自分が生まれた地球から持ちこんだんだ」

「ローダンがガルダン崇拝を持ちこんだって？　そんな話は聞いたことがない」

「われわれの歴史書にはそう書いてある」老人は強調した。「本に書いてあることは疑わないだろ？」

「わからない」考えこみながらホルムがいった。「本は改竄《かいざん》されていることもあるんじゃないだろうか。矛盾が多すぎる。ロクヴォルト＝テルム大学が出版した本に、ネーサンは四五二年に戦略上の目的でプログラミングしなおされたと書いてあった。ところがあとになって、ネーサンは戦略的にプログラミングされることはありえないと書かれた本を読んだんだ」

「たしかに」と、エシュラクサン。「わたしもそう思ったことがある。でもローダンがガルダン信仰をフッズにもたらした、と語りつたえられているんだよ。かれはアラングウシャでもガルダン祭司だったにちがいない」

　アルバート・ホルムは答えなかった。かれはエアロックの内扉を開けた。数世紀がたつうちに、歴史はしばしば改竄されたにちがいない。実際はどうだったのか、だれにもわからない。ただひとつだけ確実なことがある。ローダンはけっしてガルダン祭司などではない！

「たしかにそのとおりだ」老人がつぶやいた。「その話はもうやめよう。詮索してもなんにもならない」

ホルムは宇宙船を見てまわった。一周めで恐れていたほどの損傷はないことがわかった。ある程度はかれが自分で修理できるのは明らか。だが宇宙を航行できるかどうかはまだわからない。そのためには精査が必要だ。

「で、どうなんだ？」いらだってきたエシュラクサンがたずねた。「この宇宙船で逃げられるのか、だめなのか？」

「しなくちゃいけない作業はごまんとある」と、エンジニア。「こわれた個所をなおし、もっとも重要な作業をすますのに数カ月はかかる」

「そんなに？」

アルバート・ホルムは笑った。

「わたしは五十年待った。一年やそこら長くなっても短くなってもたいした問題じゃない」かれは老人の肩をこぶしで親しげにつついた。「ひとまず入浴だ。それから医療ロボットにいぼをとりのぞいてもらう。人間らしい外見にもどりたいからな。あんたも一度鏡を見てみるといい。だが気をつけろ！　ガルダンが目の前に立っていると勘ちがいするんじゃないぞ」

エシュラクサンはいっしょに笑いはしなかった。

「そんな冗談をいったらだめだ」と、かれは警告した。「ガルダンに処罰される」

「それは困ったもんだ」ホルムはそうつぶやいて、衛生キャビンに引っこんだ。

エシュラクサンがかれをふたたび見たのは数時間後だったが、まるで未知の人だった。かれもまたホルムがすぐに認識できないほど変わっていた。

ふたりは食堂で会い、ホルムはそこでおいしい食事にありついた。自動供給装置で下着とコンビネーションも裁断させた。足には軽い宙航士用のブーツ。それに対してエシュラクサンは、腰にタオルを巻きつけただけ。ホルムはかれにまず自動供給装置の使い方を説明しなければならなかった。

食後、エンジニアは宇宙船をもう一度点検した。今回は損傷個所を徹底的に調べたのである。

「なぜこの宇宙船はジャングルのまんなかに着陸したんだろう？」と、エシュラクサンは訊いた。

「そうせざるをえなかったようだ」と、ホルム。「エンジンと反重力装置が故障している。おそらく着陸の衝撃もかなりのもので、それで破損したところもある。だが外被はどこもこわれていないので、原始林も内部まで侵入できなかった。そうじゃなかったら、この宇宙船は使いものにならなかったはず」

「でもどうしてここに放置したんだろう？　とっくに修理できたはずなのに」

「惑星ロクヴォルトは破産した。住人は自分たちが生きていくのに精一杯だった。宇宙を飛行するなんていう野望をいだくやつはいなかったのさ。この宇宙船を解体しようとだれも思いつかなくてよかったよ」

「たしかにそのとおりだ」

アルバート・ホルムは宇宙船の専門家ではない。それにエンジニアとして仕事をしていたのは大昔だ。そのかれにとって、二日後に宇宙船の主シントロニクスを動かすことに成功したのは、非常に意味のあることだった。コンピュータと数日間にわたるやりとりがはじまり、その過程でホルムは修理の可能性を探り、宇宙船がもともとそなえている能力を活性化していった。

エシュラクサンはすることがなくて、すぐに退屈してきた。

「外に出て、草を刈ってこようか」かれは提案した。

ホルムは笑った。

「その必要はない。宇宙船の修理がうまくいったら、エネルギー・バリアのスイッチをいれる。そうしたら草など瞬時に吹っとぶさ」と、かれ。

「わたしは何週間も、何カ月もただぼんやりすわっているのか？」老人は怒りだした。

「森に行って狩りをしろ」ホルムが勧めた。「新鮮な肉が必要になることもあるかもしれない」

「いい考えだ」老人がにやりとした。

船内には武器が充分にあった。かれはすでにかなり前からベルトにそうした武器をさげていた。武器がようやく使えると知って、かれはよろこんで出ていこうとした。

「おい、ちょっと待て！」ホルムが大声で呼びとめた。

「なんだよ？」エシュラクサンがじりじりしてたずねた。

「撃つ前にまわりをよく見ろ」エンジニアが警告した。「発砲すればそのたびに閃光がはしる。近くを飛行しているグライダーが偶然にそれを見つけるかもしれん。そんなことになったら、われわれの夢はおじゃんだ。あすにはキャンプに逆もどりだぞ」

「くそいまいましい！」愕然として老人がいった。「たしかにそのとおりだな。気をつけるよ」

かれは急いで出ていき、アルバート・ホルムはまた作業にもどった。ホルムは、シントロニクスの不具合がエンジンと反重力装置の故障の原因だと突きとめた。モジュールを交換したところ、シントロニクスは比較的かんたんに復調。だがこの不具合のおかげで生じた損傷の解決には、かなり時間がかかった。それでもホルムはこの五十年間に経験したことがないほど楽観的な気分だった。ロクヴォルトをようやく出られるかもしれない希望がわき、シガ星人の友を思って、かれは宇宙船を《イカルス》と名づけた。

日々が過ぎていった。ホルムの作業は順調に進んでいる。エシュラクサンは毎日宇宙船から出て、森で狩りをし、いつもいい獲物を持って帰ってきた。こうしてかれは逃亡した囚人二名の毎日の献立を豊かにし、宇宙船の食糧貯蔵庫をいっぱいにした。しばしばかれは川に行き、トカゲを撃ちとった。

それ以外の時間、老人はロクヴォルトの通信を盗聴していた。もっとも、そこから得られる情報はホルムにとってもかれにとってもどうでもいいようなことばかりだった。

「かれらはすくなくとも一日に一回はヒューマニドロームを褒《ほ》めちぎってるぞ」エシュラクサンは不満げにいった。「あの巨大な化け物がロクヴォルトにもたらした悲惨は、あれでもまだ不充分だといいたいのか」

「かれらはロクヴォルト人をはずかしめている」と、ホルム。「かつて抵抗した者たちを処罰したいんだろうな」

「理解が追いつかないよ」と、エシュラクサンは考えこんだ。「信じられないほど裕福な種族が暮らしている惑星がたくさんある。なのにほかの惑星は底なしの貧困を強いられている。このしくみはどうなっているんだろうか！」

「共通点がひとつだけある」と、エンジニア。「テラに気にいられるふるまいをするかどうかだ！　さからえば罰をうける。逆に従順にしていれば報いられる」

「銀河系から出られればいいのに！」

「防御壁をこえられた者はいない。もしもそれができたとして、壁の外には虚無しかない。防御壁の向こう側に生物がいないことは、子供だって知っている」

老人はホルムの向かい側のシートに腰かけた。ふたりは司令室にいる。ホルムは依然としてシントロニクスの修理作業していた。

「そうじゃないかもしれない、と考えたことはないのか？」

「ない。ガルブレイス・デイトンですら、向こう側は死が支配しているといっていた」

「もしそれが嘘だったら？　われわれ、歴史書は書きかえられているってことで意見が一致したじゃないか。真実が伏されているのかもしれない。防御壁は、向こう側にあるという混沌状態からわれわれを守るためではなく、テラの政権が権力をずっと握り、われわれが銀河系から去るのを阻止するためにあるのでは？」

アルバート・ホルムは工具を下に置いた。

「これまでそんなことを考えもしなかった」と、ホルム。

「たぶん考えたほうがいい」と、老人。「それともうひとつ。〝シラーダ〟はわれわれの唯一の希望じゃないだろうか。シラーダだけが銀河系のこの状況に終止符を打つことができる。できればシラーダと連絡をとり、協力したいぐらいだ。だがどうやったらいいのかわからん。シラーダは幻影のようなもの。それが本当にシラーダという名かもわからない。おそらく敵をあざむくために一時的にそう名乗ったのではあるまいか」

「名前すらも目くらましだというのか？」

「そのとおり！　第一、シラーダとはどういう意味かわかっているのか？」

「あれはポルトガル語だよ」エシュラクサンが説明した。「〝罠〟という意味だ！」

「罠？」と、ホルムが復唱した。「独裁政権をこの罠で捕らえようという意味か」

「推測にすぎないが」かれは羽根飾りつきの帽子をかぶっている。最近自動供給装置につくらせたのだ。「〝ヴィッダー〟という名前も聞いたことがある。だがシラーダとヴィッダーに関係があるのかどうかはわからない。おそらく同じ抵抗組織だと思うが。べつべつに同じ目標を追求しているふたつの組織かもしれん」

老人は立ちあがり、狩りをするために出ていった。

アルバート・ホルムは出ていくかれを見送り、自分も作業にもどった。これまでそういうことにまったく思いいたらなかったのは、われながら驚きである。

「おまえは子供みたいに無邪気すぎたんじゃないか」と、かれは自分にいった。「ガルブレイス・デイトンと名乗るあいつがあらわれたとき、目をさましていればよかったものを」

どう考えたらよいのか、もうわからなくなった。

あれがガルブレイス・デイトンでなかったら？　それともやっぱりほんものだったの

か？　最高位ギャラクティカーは年齢を重ねるうちにまったく変わってしまったのか？外部の力によって変化させられ、もとの姿をとどめなくなったのか？

これまでの五十年間、銀河系内部の状況について情報を集めようと努力してきた。ほかの惑星の囚人がキャンプにくると、いつもその囚人とコンタクトをこころみたもの。そのようにして銀河系の現状を把握してきたつもりだった。

かれがいだいていたイメージは一貫したものではない。でも全体として見ると、それは悲観的でおちぶれた姿だった。多くの惑星で自由というものがまったくなかったからである。

おそらく銀河系の外にはわれわれが探しているような自由があるのだろう。すべては嘘なのかもしれない。ローダンがどこか銀河系の外側で生きている可能性すらあるのではないか？

そもそも銀河系全体の権力を握っているのはだれなのか？　そうした権力というものが存在するのか？　それともそれすらもプロパガンダの産物か？

アルバート・ホルムは勢いよく立ちあがり、司令室内を行ったりきたりした。

「ジェヴォニア！」ついにかれは立ちどまった。パラダイスのようだと聞いている惑星の名前は、かれには救いのように感じられた。

「ジェヴォニアについてもっとくわしく知りたい」と、かれは声に出していって、質問をするためにシントロニクスのもとへ。

「ジェヴォニアは恒星タルゴの第二惑星です」と、シントロニクスは友好的な声で答えた。「四つの大陸があり、そのうちの最大の大陸は全体が公園地区です。ただし赤道直下の原始林だけは例外ですが。ジェヴォニアは旧暦三四三三年にミュータントのリバルド・コレッロのかくれ場でした。かれがいっしょに連れてきた知性体は、惑星全体に拡散しています」

シントロニクスは、さらなるデータも出せるといってきた。たとえば重力は〇・九八Gだとか……だが、アルバート・ホルムはそれ以上の情報を聞く気はなかった。

ジェヴォニア！

その名前はかれの記憶にしっかりのこり、だんだんに〝パラダイス〟と同義語になった。

「わたしはエンジニアだ」と、ホルムはシントロニクスにいった。「技術のことはかなりよくわかる。だがナヴィゲーションについてはさっぱりわからない。助けてくれるかな？」

「もちろんです」と、コンピュータは答えた。「問題ありません。どこに行きたいのですか？」

「ガタスだ」

「銀河系のイーストサイドですね」

「もしもガタスがイーストサイドにあるのなら、そこに行ってみたい。ガタスについてなにか知っているか？」

「ガタスは恒星フェルトの第五惑星です。かつてブルー族の有力な種族だったガタス人の故郷惑星で、ブルー族の星間帝国のいしずえとされています。この惑星はブルー族が非常に多産であるために、百四十億もの住人をかかえ、絶望的なほどの過密状態でした。その後、中央政府がバースコントロールを導入。みずからを貴重な国民だと証明できたブルー族のみが子供をもうけられるようになりました」

「そんな説明はしなくていい」ホルムは怒りだした。「おまえからプロパガンダなど聞きたくはない」

「すみません」と、シントロニクスが答えた。「では情報だけを伝えます。ブルー族にとって子だくさんはなににものにもまさる価値なのですが、政治的にりっぱな業績をあげた者のみがそれを許されたのです」

　アルバート・ホルムはため息をついた。

「ブルー族にもかれらのヒューマニドロームがあるわけだ」と、かれは断じた。「だがかれらのそれは〝バースコントロール〟という名前だ」

「それについてはなにも申しあげられません」と、シントロニクス。「それは煽動《せんどう》的な意見表明です」

「すまんがスイッチを切る」と、ホルム。

ある数字がかれを動揺させた。

百四十億ものブルー族！

想像もできない。かれらがみなひとつに惑星に住んでいたのか？ 自然がはいりこむ余地はあるのか？ ガタスはパンクしたにちがいない。

百四十億名ものブルー族のなかから、どうやってザルロ・イルグリッズを見つける？

ザルロ・イルグリッズを探すというのが、ガタス行きの唯一の目的だ。このブルー族は、ホルムの逮捕後かれに不利な証言をしたからだ。かれが有罪になったのはそのせいだ。ザルロとは長年にわたって親しくしていたというのに。

アルバート・ホルムはずっとひとつのことだけを考えていた。復讐だ！

ザルロ・イルグリッズは罰をまぬがれるべきではない。かれを裏切ったことの報いを、うけるべきだ。

かれがガタスに行きたい理由はそこにあった。その次の目標はジェヴォニアだが、復讐をはたしてからそこに行くつもりなのである。

ザルロに自分がしたことを思い知らせてやらなければ。

「だがそのことは、出発してから考えればいい」と、かれは自分にいいきかせた。「まずは修理を終わらせることだ」

さらに七日が経過し、かれは修理作業を終え、シントロニクスがスタートは可能であると見なすところまできた。

それを知ったエシュラクサンは歓声をあげた。

「スタートしよう」と、かれは急かした。「これ以上ロクヴォルトにいるのは耐えられない」

「どこに飛行するんだ？」と、ホルム。「それについてまだ話していなかったな。わたしはガタスに行かなければならない。いっしょにくるか？」

「わたしはどこもいい」老人が答えた。「フッズだけはだめだ。あそこに行ったらすぐにまた逮捕される」

「十時間後にスタートする」ホルムが決断した。「それまでにすべてをはっきりさせておかないと」

「なぜいますぐじゃない？」老人がいぶかしげにいった。

「すこし知っておいてもらいたいことがあるのでね」と、エンジニア。「とくに搭載砲について。われわれは必死で自衛しなければならなくなるかもしれないし」

老人の目がきらりと光った。

「宇宙に出たら、撃ってみたい。ヒューマニドロームに一発くらわせられたらいちばんいいのだが！」

「それだけはやめてほしい」ホルムが却下した。「われわれは、できるだけはやくここから消えうせないと」

必要以上に長くロクヴォルト近傍にいるととりかえしのつかないリスクをおかすことになると、エシュラクサンは理解した。

「わかった」と、かれは同意した。「それなら全速力でガタスへ！　道中、悪魔の守護があらんことを」

3　顔

スタート直前の二時間、エシュラクサンは司令室から出なかった。突如としてさまざまな技術設備に関心をしめし、アルバート・ホルムはかれに宇宙船の操縦方法を説明しなければならなかった。

「これで充分だろう」笑いながらエンジニアがいった。「わたしもそれほど正確に知っているわけじゃない。わたしは命令を出すだけなんだ。そのほかのことはすべてシントロニクスがやってくれる。シントロニクスなしには、宇宙船をスタートさせることもできない。どこかの惑星に方向を定めることもね」

「どの方向に飛行すべきかもわからないのか？」

「それすらもね。シントロニクスがすべてをかわりにやってくれるから」

エシュラクサンの目がこれまで以上におちくぼんでいるように見える。同時に目が一種独特の光を帯びてきた。

ホルムはそれに気づかなかった。

「じゃあ、わたしも宇宙船を飛ばせるということか？」老人が訊いた。

「もちろんさ！　修理がすべて終わったから、なんら問題はないはずだ。わたしはすでにシントロニクスとすべて話しあった。だからシントロニクスはなにをすべきか、どこに行くのかわかっている」

「なるほど」

エシュラクサンは自分のシートに深々とすわり、両足をのばして、頭をそらした。

「スタートするときに、起こしてくれ」そういって、かれは寝てしまった。

スタートの数秒前、かれは目をさました。ちょうどホルムが手をかれの腕に置き、揺さぶろうとしたときに。

「ついにそのときがきた」と、エンジニア。

エシュラクサンはさっと身を起こし、まだなにも見えないモニター・スクリーンを見た。外被のカメラのレンズが植物にびっしりおおわれていたのである。

ホルムが防御バリアのスイッチを入れると、はっきり聞きとれる音がした。モニターにはちぎれた植物が吹きとぶようすがうつしだされている。その直後、宇宙船は重くのしかかっていたものすべてから解放された。

「すごい！」と、驚くエシュラクサン。宇宙船はジャングルから舞いあがり、ゆっくり上方に向かった。

「なにも音がしない」

「反重力装置がわれわれを上に持ちあげているんだ」ホルムが説明した。かれの視線もモニターに向けられている。そこには川が見えていたが、たちまち視界から消えていった。

「これをずっと夢みていた」小声でエシュラクサンがいった。「ガルダンがそれを可能にしてくださった」

宇宙船は加速した。雨雲にはいると、視界が悪くなった。成層圏を高速で通過するとき、ホルムはかたずをのんだ。巨大な構造物、ヒューマニドロームが姿をあらわしたからだ。それは恒星を反射してきらきら輝いていた。一部が奇抜な印象の縞《しま》模様になっている。一瞬のあいだ、ホルムは巨大な顔を見たような気がした。

それが錯覚だということはわかっている。あれだけ長いあいだそこで働き、その外観を熟知しているのだから。

だがエシュラクサンの感じ方はちがっていた。

「ガルダン」かれはあえぐようにいって、跳びあがった。「わたしはガルダンを見た。ガルダンはわたしにしるしをあたえられた」

アルバート・ホルムは心配そうにかれを見て、突然、惑星アラングウシャでの体験を思いだした。無数のガルダン崇拝者の群れのなかにまぎれこんだときのことである。かれらの目のなかにあった威《い》嚇《かく》的な光が、いま老人の目のなかにもあった。

「おちつくんだ」と、かれは警告した。「それは錯覚だ」

エシュラクサンは自分のエネルギー・ブラスターに手をやり、かぶりを振った。

「いや」かれは強く反論した。「ガルダンの顔を見た。ガルダンはわたしがヒューマニドロームに行くことを望んでいる」

「いいかげんにしろ」エンジニアが怒っていった。「もしもわれわれがヒューマニドロームに足を踏みいれたら、二時間もしないうちに囚人キャンプに逆もどりだ。すぐに息の根をとめられなかったらの話だがね。われわれはガタスに飛ぶ。みすみす死んだりしないぞ」

エシュラクサンは武器をベルトから抜きとったが、ホルムはそれを予測していた。かれはものすごい俊敏さで老人の腕をたたき、老人は武器を落とした。ホルムは足で武器をわきにはらった。

「わたしはプログラムを変更したほうがいいのですか？」シントロニクスが礼儀正しくたずねている。

ホルムは老人のパンチをかわした。

「とんでもない」と、かれ。「われわれはガタスに飛ぶ」

「いまからわたしが命令する！」エシュラクサンがどなった。「われわれはヒューマニドロームに飛行する。わたしはガルダンに会うだろう。わたしにはわかる！」

「たしかにな」ホルムがあえぎながらいって、自分の首を絞めつけている老人の両手を懸命にはらいのけた。「おまえはガルダンに会うだろう。だが、ヒューマニドロームではなく、地獄でな」

エシュラクサンは全体重をかれにかけてきた。ホルムは倒れながらも老人の右足を引っぱった。ホルムがあおむけに倒れたとき、老人もくずおれ、ホルムは力強い一発で相手をわきに投げとばした。

エシュラクサンは転がったが、すぐに跳びあがって司令室から走って出ていった。

ホルムは老人が落とした武器をとった。かれを追いかけようとしたが、老人を探りだすもっとよい方法があるのに気づいた。

「かれがどこに行ったのか知りたい」ホルムはシントロニクスにいった。「教えてくれ」

コンピュータは命令にしたがった。宇宙船が超光速飛行に移行しているあいだに、司令室のモニターの映像が変化。

宇宙船内部の通廊がうつしだされた。老人が見える。最初はパニック状態で通廊を走り、それから立ちどまってキャビネットを開け、重エネルギー銃をとりだしている。

「かれにわたしの声が聞こえるようにしてくれ！」ホルムが命じた。

「了解」シントロニクスが答えた。

「エシュラクサン！」と、かれは叫んだ。老人はびっくりして振りむき、武器を持ちあげた。「いいかげんおちつくんだ。あんたのガルダン信仰は、ヒューマニドロームのようなもの。それで身を滅ぼそうとしているのがわからないのか。それであらゆる辛苦を引きよせ、自分からまた罠におちようというのか？」

「嘘だ！」エシュラクサンがいった。かれの顔は憎悪のためにひきつっている。「ガルダンは生きている。わたしはかれのしもべだ」

「あんたは理性を失っている」

「おまえを殺すぞ、不信心者め！」

エシュラクサンは走りだした。

「かれはこの司令室に向かってきています」と、シントロニクス。「自分の命を救いたければ、なにか策を講じるべきです」

アルバート・ホルムは荒々しい笑い声をあげた。

「これからはおまえのアドバイスになんぞ、したがわないぞ」と、かれは大声でいった。

「そんなことは自分でわかる」

「あなたはわたしの発言のクオリティが不満足なんですか？」と、コンピュータが訊いた。「それならもうすこしはっきりいいます。わたしはガルダン崇拝者の情報を充分に握っています。かれらは宗教的な狂気におちいっています。かれらに合理的な論拠をしめしても、まったく無意味です。かれはあなたを殺そうとするでしょう。それをとめられるのはかれ自身の死のみ」

「自分が生きのびたければ、かれを殺さなければいけないということか」ホルムがいった。

「あなたの状況分析は完全に正しいです」と、シントロニクス。

ホルムはモニターを見た。すでにエシュラクサンは危険なほど司令室に接近している。かれはひそかにこのような進展を恐れていた。エシュラクサンはガルダン信仰のみならず囚人生活の影響で精神的にゆがんでいる。かれはホルムを信用できないのだ。

「かれをだましてみよう」ホルムはシントロニクスにいった。「サポートしてくれ。わたしが宇宙船のほかの区画にいるように思いこませたい」

「わかりました。では、なにかいってください」

「エシュラクサン」と、ホルムは叫んだ。モニターを見ると、老人が振りかえり、武器を持ちあげて発砲している。数秒間、モニターが暗くなった。それから老人がふたたび見えた。

エシュラクサンが甲高い笑い声をたて、武器をおろした。

「おまえをこんなにすぐにやっつけられるとは思わなかった」と、よろこんでいる。

「あなたの声を加工しただけでなく、ホログラムも使ってみました」シントロニクスが説明した。「かれは、あなたが撃たれたと思っています」

「かれをそう信じこませておくのがいいだろうな」と、ホルム。これまでは平和的な解決法が見つけられると信じていたが、それは無理だといまわかった。

「ひとつアドバイスがあります」と、シントロニクス。

「いいアドバイスかな？」と、ホルム。

「数分後にわれわれは八つの惑星がある星系を通過します。第四惑星には住人がいません。生活条件は良好です。そこにエシュラクサンを降ろせば、あなたはかれを殺す必要がありません」

「それはいい解決法だ」ホルムは安堵の息をついた。「着陸するぞ」

「司令室から出てください」と、コンピュータ。「エシュラクサンはここに向かっています」

「かれの命令に応じるな！　われわれは計画どおりにかれを降ろす」

「わたしはあなたを司令官と認識しています。この宇宙船を修理し、これまでひきいてきたからです」と、シントロニクス。「わたしはあなたのパートナーを新しい司令官として認めません。もし許してくださるのなら、あなたが危険な目にあわないように、かれをだまします」

「それは得策だ」ホルムはほっとして、わきのハッチから司令室をあとにした。ハッチがかれの後方で閉まったとたん、エシュラクサンがはいってきた。汗をかき、目を異様にぎらつかせている。

「わたしは船内にひとりきりになった」と、かれ。

「わかっています」シントロニクスが答えた。「あなたが新しい司令官です」

「すばらしい。司令官として命令する。ロクヴォルトにもどり、ヒューマニドロームをめざしてくれ」

「そのような決定をするだろうと予想していました」と、コンピュータ。「ですからエンジニアが亡《な》くなったときに、すぐにロクヴォルトに針路をとりました」

「それはよかった」エシュラクサンは武器を無造作に床に置き、シートに腰かけた。モニターに一惑星の映像が突然あらわれても、かれはまったく疑わなかった。

「われわれはまずロクヴォルトに着陸しなければなりません」と、シントロニクス。「それをしないと、ヒューマニドロームの自動防衛装置がわれわれを攻撃するかもしれません。ヒューマニドロームに接近するすべての宇宙船は、ロクヴォルトの方向から進入することになっています」

それでも老人は疑わなかった。かれの思考と感情はもっぱらガルダンに向けられていたのである。宇宙船がサヴァンナに着陸し、獣の大群がモニターにあらわれ、宇宙船から逃げていったとき、はじめてかれは気がついた。

「ここはロクヴォルトなのか？」と、かれ。

「いや、ちがう惑星だ」アルバート・ホルムがそういって、武器をかれの頭に向けた。「残念だが降りてもらう。ここで生きぬくために必要な装備は置いていくからな」

老人はホルムがまだ生きていることがよく理解できなかった。

「いったいぜんたいどういうことなんだ」かれは両手をあげてエアロックへ出ていきながら、そういった。

「きっとガルダンが助けてくれるさ」エンジニアがからかうようにいった。「残念だ、ご老人。友のままでいられればよかったんだが」

老人は装備を持ってコンテナに走り、エネルギー・ブラスターを手にとった。金属箱の上にそのまま置いてあったのだ。かれは振りむき、ホルムをねらったが、銃は火を噴かなかった。

「装填されていないんだ」エンジニアが冷静にいった。「だが装備品のなかには充分にエネルギー弾倉がはいっているよ」

エアロックが閉まり、数秒後に宇宙船はスタート。

エシュラクサンは宇宙船が青い空に消えるまで見送っていた。

「まだわからないさ」と、かれは怒りにまかせていった。「ひょっとしたらわたしのほうがいいくじを引いたのかもしれないし」

*

「ガタスはフェルト星系の第五惑星です」《イカルス》が恒星系にはいると、シントロニクスがそう告げた。「数百年前、ここにはすぐれた機能をそなえた宇宙監視所がありました。でも宇宙航行がとだえ、監視所もなくなりました」

「よく知っているな」と、アルバート・ホルム。かれは司令室のシートにすわり、グリルした肉を食べていた。

「広範なデータベースがありますので」と、コンピュータ。「それにいまはガタスにおける通信から傍受した情報もあります」

「では現在ガタスでなにが起きているかもわかるんだな」

「はい、バーティ。そう呼んでもいいですよね？」

「もちろんさ」

「ありがとうございます。ご存じのように現在はNGZ九〇〇年です。ガタスでは今年、祝典が催されています。長年にわたる飢餓、害虫や害獣がもたらす災《わざわ》い、数々の自然大災害を克服したいま、お祝いをする理由は充分にあるといえましょう。このことはラジオ、テレビの放送ばかりでなく通信網でも発信されます」

「ちょうどいいときにきたな」と、エンジニア。「パーティなど久しぶりだ。五十年以上そんなことはなかった。女性がどんな外見なのかなんて、もう忘れてしまったよ」

「ガタスはあなたの気にいるでしょう。パーティはテラの流儀で行なわれますから。ガタスの古い伝統は忘れさられています」

「でもきみは知っているんだろう？」

「ぜんぶとまではいえません。それでも歴史が改竄されている放送番組はたくさん知っています。一部の言説はまっ赤な嘘だといいきれます。でもガタス人はそれを認識できないようです」

ブルー族の惑星がどんどん近づいてきた。

「どこに着陸する？」ホルムがたずねた。

「山岳地帯がいいと思います」と、シントロニクス。「ほぼすべての都市と製造施設は惑星の地下領域にあります。ですから山地のほうがかくれ場に適しています。われわれの着陸場からさほど遠くないところにシャフトがあり、ここを通ってガタスの地下都市に行けます」

「いいだろう」

「ちょっとお知らせしたいことが」着陸を開始したとき、コンピュータがいった。「あたらしい世紀を迎えるにあたり、ガタスの地方政権は寛容な措置を発表しています。軽犯罪や中程度の犯罪をおかして有罪とされた法律違反者たちに、恩赦をあたえるというものです。ただし政治囚はこの恩赦から除外されました」

アルバート・ホルムはその話をろくに聞いていなかった。モニターのスクリーンで着陸のようすを追っていたのである。宇宙船はガタスの大気圏に突入し、山岳地帯に向かって高度をさげていた。下方には大きな峡谷がひろがっている。

「なぜその話をしたんだ？」と、かれは訊いた。

「この恩赦は釈放されたブルー族にとって、自由以上の非常に大きな意味があったからです。かれらは国から不妊を相殺《そうさい》する薬を受けとりました」

ホルムは肩をすぼめた。

「それがどういうことかわたしにはわからない」

「子だくさんはブルー族にとって最高の幸運を意味することを、知っておかねばなりません。ブルー族は非常に多産な種族なんです。ブルー族の女性の妊娠期間はわずか三カ月で、だいたい七名から八名の子供を産みます」

ホルムは耳をそばだてた。

「しかし、過去四百年間は、出生数がいちじるしく低下していました。ガタスの人口は激減しました。正確な数字は、残念ながらいまはわかりません。その理由は、ブルー族が食糧と飲料水によって、子供を産めなくさせられていたからです」

エンジニアはけして驚かなかった。ブルー族にもかれらのヒューマニドロームがあった。かれらの場合、計画的な不妊によってテラの権力者は手綱を握っていたのだ。

「これから外に出る。わたしを待っていてほしい。スタートするのは、わたしが命令した場合にかぎる」

「わかりました」コンピュータが答えた。「いつもどりますか？」

「それほど長くはかからない」と、ホルムは約束した。「ほんの数日間だ。ザルロがどこにいるかによって変わってくるが」

＊

アルバート・ホルムは山岳地帯の地下にある町の入口をかんたんに見つけた。高さ五十メートルの尖った屋根が目についたからだ。屋根に守られた反重力シャフトに通じる大きな扉が、目の前で開いた。かれはなかにはいり、気分が悪くなるほどのスピードで下降した。だがシャフトの終わりに近づくと、フィールドがやさしく受けとめてくれて、かれは羽根のような軽さで着地した。

　このタイミングで、世紀末のパーティとはなにを意味するのかかれは理解した。並木道に足を踏みいれると、無数のブルー族がはしゃいでいた。ほとんどの者が手に瓶を持ち、そこから口飲みしている。木々の下には屋台があって、さまざまな種類の飲み物や食べ物が提供されていた。ブルー族はおおいに味わい、楽しんでいる。

ホルムはぎっしりと立っている群衆のために前に進めないのではないかと心配になった。だがそれはちがっていた。ブルー族はかれに気づくやいなや、場所をあけてくれたのだ。おびえたようなようすでホルムをよけている。

シントロニクスは、ガタスには人類はごく少数しかおらず、かれらは指導者の立場にあるといっていた。自分がかれらのいだいている支配者のイメージに合うのかどうかはわからないが、ともかくホルムは群衆のなかにはいっていった。

この段階まで、かれはどうやってザルロ・イルグリッズを探すのか考えていなかった。四キロメートルほどの通りに密集しているブルー族の群衆を見ただけで、心配になってきた。かれは近くのヴィジフォンでザルロ・イルグリッズの名前を入力し、接続番号と住所を教えてもらおうと思っていたのである。

だがザルロ・イルグリッズという名前のブルー族はどれぐらいいるのだろうか。ザルロという名はよくある名前なのか、それともあまりない名前なのか？　イルグリッズという姓はどれくらいいるのだろうか？

群衆のあいだを二百メートルほど歩いたところで、ヴィジフォンが見つかった。かれはそこでザルロ・イルグリッズという名前を入力してみた。

スクリーンに無限とも思えるような数の名前の列があらわれた。最後まで見たかぎりでは、数千ほどあっただろうか。

絶望的だ。かれは宇宙船にもどろうとした。

「なにかお困りですか？」かなり若いブルー族がていねいに話しかけてきた。「ザルロ・イルグリッズの職業を入力できれば、数をかなり絞りこめますよ」

「エンジニアだ」と、ホルム。「最後にかれに会ったときは、エンジニアとして働いていた」

若者がキイをいくつかたたくと、本当に名前の数は二百ほどになった。

「それでもまだむずかしいな」と、ホルムはため息をついた。「二百軒もの家を探しまわるわけにはいかない」

「それ以上のことはわからないんですか？」若者は権力者とおぼしきテラナーの前でうやうやしくおじぎをした。「通りの名前とか？　両親の名前とか？　だいたいの年齢は？」

「ああ、そうか！」と、ホルム。「かれは七十五歳から百歳のあいだだ」

「その情報は役にたちます」若者はキイを押して、コンピュータに直接話しかけた。ホルムにはなにも聞こえなかった。その声は超音波領域だったからだ。

三名のザルロ・イルグリッズがのこった。

「どうもありがとう」と、ホルム。「あなたのことはけっして忘れないよ」

「新しい一年がよい年となりますように」ブルー族は大きな声でいって、若者のグループに合流するために急いで去っていった。

アルバート・ホルムは住所を調べた。ザルロ・イルグリッズに電話することもできたが、声だけでたしかめられるかどうか自信がない。だがそれよりも危険なのは、かつての友が逃亡し、ブルー族の大群にまぎれこんでしまうことだ。そうなったら、かれがしたことに対する復讐をはたすチャンスは二度とないだろう。

最初の住所の場所を探すのに二時間かかった。比較的しずかな露地だ。数階建ての建物がならんでいる。ブルー族の若者たちが反重力スケートで騒がしい音をたてて駆けぬけていく。かれらはホルムをうやうやしい態度で避けていく。かれを見て驚く者もいた。

ホルムはそのうちのひとりを手招きし、ザルロ・イルグリッズの家まで案内してもらった。ドアが開いたとたん、探している相手ではないと気づいたかれは、すぐにその家を辞した。

探しているうちに、惑星の地下深くにある町のにぎやかな地区にもどってきた。そのザルロ・イルグリッズが住む家は、花をたくさんつけた木々で鬱蒼とした公園のまんなかにあった。ていねいにつくりこまれた花壇とカラフルな動物たちのケージ。それらをかこいこむようにして直径が百メートルほどの柱状の建物があり、丸屋根が公園を守っているように見える。

公園内のあちこちにブルー族のグループがいて、楽しげにお祝いをしている。そのうちの一グループにアルバート・ホルムは注目した。グループの中心でロボット七体からなるバンドが音楽を奏でている。もっともその音楽はほとんどが超音波の音域で演奏されていたので、かれにはほとんど聞こえなかった。

しかし、重要なのはそのことではなかった。このブルー族のなかに、ザルロ・イルグリッツと驚くほど似た若者がいたのである。

4　コンタクト

「わたしもいっしょにお祝いしてもいいかな？」と、アルバート・ホルムはたずねた。ザルロ・イルグリッズと驚くほど似た若者は、最初は頭のうしろの目でかれを見ていたが、それから振りかえり、両手を胸の前で合わせた。

「それはわれわれ全員にとって、大きな名誉です」と、かれは答えた。「この街区にテラナーがおいでになったのははじめてだと思います」

ホルムは若者とドリンクを飲み、あたりさわりのない会話をはじめた。すぐに若者がオッジル・イルグリッズという名だとわかった。

「わたしはザルロ・イルグリッズという名の男を知っていた」ホルムはさりげなくいった。「でもずいぶん昔のことでね。惑星ロクヴォルトで会ったんだ」

「父のザルロはあそこにいました」若者は無邪気に答えた。「何回かその話を聞いています。ロクヴォルトは盗賊と一文なしがいる惑星だと。いかがわしい連中が潜伏しているし、犯罪者が送りこまれてくるそうで」

かれはホルムを熱心に見つめ、惑星ロクヴォルトについて多少知っていることが誇らしげだ。

「そこからはだれも逃げられません」と、かれはつづけた。「ロクヴォルトをめぐる軌道にはヒューマニドロームがありますからね。かつて建設された宇宙最大の要塞です。天才的なテラのエンジニアが設計し、建造しました。銀河系のあらゆる領域から集めた寄付がそのために使われましたが、財政的にもっとも貢献したのは、もちろん地球の中央政府です」

「もちろんだ」と、ホルムは応じたが、この説明を聞いて冷静をたもつのは容易ではなかった。心のなかは煮えたぎりそうである。惑星ロクヴォルトはヒューマニドロームのせいで破産に追いこまれたのだ。かれらだけがヒューマニドロームを建造した。手助けをした者などいない。テラナーがなにをしてくれたというのだ。

「あなたはロクヴォルトでなにをしていたんですか?」と、ブルー族がたずねた。

「わたしは商用で行ったのだが、いけ好かない連中もいたよ」

「おやおや」と、いって、オッジル・イルグリッズは一杯を飲みほした。一方のホルムはちびちびと飲んでいた。なにしろ最後に酒を飲んだのは五十年前だ。注意しないと自分をコントロールできなくなるかもしれない。

「この数年間、ガタスは害虫や害獣の被害がひどいようだな」

「ええ、ひどいもんです。ガタス全域が荒廃しています。国土がふたたび回復するまで何年もかかるでしょう」

「ロクヴォルトの動物相と植物相のハイブリッドのせいかもしれん」根拠などまるでないのに、ホルムはそういった。「だれかがそれをガタスに持ちこんで、ここを荒廃させようとしたんでしょうな」

「だれがそんなことを？」オッジル・イルグリッズが質問した。「そんなことをしても意味がないでしょう。だれの得にもなりませんから」

「その話はたぶんあとでする。でも、いまじゃない。もうすこし飲んでから失礼するよ。だが、あしたまたここにくる。会えるかな？」

ホルムは若者に不意打ちをくらわしたくはなかった。自分の言葉の効果をゆっくりと発揮させたかったのである。オッジル・イルグリッズは自問するだろう。疑念がわいてくるはずだ。銀河系の中心地テラに対する疑念が！

*

翌日、アルバート・ホルムは地味なグレイの服を着たテラナー一名と戦闘ロボット一体を公園の近くで見つけた。とっさにかれは宇宙船の船内にもどり、そこで三十二時間、つまり惑星ガタスの一日にあたる時間をやりすごした。

驚きが全身にひろがり、無数の疑問が頭を駆けめぐった。オッジル・イルグリッズはなにかしゃべったのだろうか？　ロクヴォルトというキイワードが気にかかり、当局の予想しなかった反応を引きおこしたのか？

ここガタスでも、ロクヴォルトから逃げてきた囚人である自分を捜索しているのではないかというばかげた考えが浮かんだ。

結局かれは、あのテラナーと戦闘ロボットは偶然そこにいたのだと自分に何回もいいきかせた。

再度かれは出かけた。こんどは銃器を携帯して。

「戦いもせずに降伏したりしない」と、かれは口に出していい、反重力シャフトで下降した。「わたしを逮捕しようとしたら、何人かを道づれにしてやる」

もうけっして懲罰収容所にもどりたくはない。ほかに逃げ道がない場合には、自害する決意だったのである。

ガタス人はまだ祝っていた。シントロニクスのゲームに興じている若者のグループにはいったかれは、今後五日間も休みだと知った。

ホルムは花が咲きほこる木の下の草地にすわっているオッジル・イルグリッズと出会った。

「どうやらあなたは正しかったようです」若者は挨拶し、軽い会話をかわしたあとでそらいった。「父は、われわれを破滅させるかもしれない有害生物の一部は、ロクヴォルトからきたのだろうともいっていました。その生物は動物でもないし植物でもなく、あそこにしかいないそうです」

「あなたのお父さんはロクヴォルトについてよく知っている。一度、かれと話してみたいものだ」

「父は住まいの上階にいます。もしお望みならご案内しますが」オッジル・イルグリッズが提案した。

「なにが待ちうけているのかな？」ホルムは、してやったりとほほえみ、若者について家にはいった。反重力シャフトで五階にあがっているあいだ、エンジニアはかつての友がいまではどれほどいい暮らしをしているのだろうかと思いをめぐらせていた。

ザルロ・イルグリッズは貧しいのか？　それともぜいたくな暮らしをしているのか？　裏切りと引きかえにかれは報酬を手にいれたのだろう、とホルムは考えた。あいつは子供を持つことを許された。それだけでも優遇されていることの証明じゃないか。

ある程度予想していたものの、ホルムはザルロ・イルグリッズの家があまりに優雅でぜいたくなので驚いた。細部にいたるまで、すべてがこのブルー族が豊かで特権をあたえられた男であることをしめしていた。なにひとつ欠けているものがない。

アルバート・ホルムは苦々しく思った。かれはロクヴォルトの囚人キャンプの苦しい日々を思いおこした。責任を負うべき男は、そのときにのうのうと快適な生活を送っていたのである。

オッジル・イルグリッズが目の前の扉を開けた。

「父です」と、かれは紹介し、おじぎをした。

アルバート・ホルムはなかにはいった。右手を上着の下にゆっくりと移動させる。左の腰の上のマグネット・エレメントには、安全装置をはずしたエネルギー・ブラスターが装着されているのだ。

ザルロ・イルグリッズは、数千ものこまかな石をモザイクのように組みあわせてつくったテーブルのところにすわっていた。期待に充ちた顔をあげたかれは、すわったまま硬直してしまった。

「バート！」

エンジニアはエネルギー・ブラスターをとりだし、ザルロ・イルグリッズに向けた。

「やめて！」と、息子が叫んだ。「お願いですから」

「わたしはおまえを殺すためにきた、ザルロ」と、ホルム。「五十年前におまえはわたしを裏切った。おかげでわたしは五十年間もロクヴォルトの囚人キャンプで地獄を経験した」

老いたブルー族は立ちあがった。阻止するように両手をホルムに向かってのばしている。

「それはちがう」と、かれ。「わたしはあなたを裏切っていない」

「公判でおまえの供述が読みあげられた」と、ホルム。「おまえはわたしがヒューマニドロームに対する妨害行為を画策、シラーダとコンタクトし、私利私欲にはしったと非難したじゃないか」

「事実が歪曲されている！　バート、わたしを信じてくれ。かれらはあなたに向けられたのとまったく同じ罪文をわたしにも読みあげた。法廷にあらわれたガルブレイス・デイトンは、シガ星人とあなたの妻が逃亡に使った宇宙船を、あなたが建造したと主張した。わたしはそれに反論し、あなたはまったく関係ないと証言した」

「おまえを信じない。なぜおまえはこんなぜいたくな暮らしをしているんだ？　ガタス人の多くは子供を持つことを許されないのに、なぜ子供がいる？」

アルバート・ホルムは武器をかまえたままだ。老いたブルー族の頭をねらっている。

「わたしはあの逃走と関係がないと証明できた」と、ザルロ・イルグリッズ。「かれらはわたしを信じたんだ」

「だがおまえは逃走劇に関係していたはず。デニといっしょに荷物を引きずってきた。デニが彼女の母親を撃ったとき、その場にいたじゃないか。デニとイカルスは逃げられたが、われわれふたりは麻酔をかけられ、逮捕された。なぜわたしは有罪になった？　なぜおまえは罪に問われなかった？　わたしを裏切ったからじゃないか」

「例の事件にはヴィデオ録画があるんだ。当時なにが起きたか、すべてそこにうつっている。わたしはデニを宇宙船のエアロックに押しこんだ」と、ザルロ。ゆっくりとエンジニアに近づき、武器は気にしていないようだ。「それからわたしはあなたのところに急ぎ、あなたをつかんだ。やつらはあなたに注射をして、自分たちのいいなりになるように細工していた。だからあなたは行動できなかった。わたしはあなたもエアロックに押しこもうとした。だがそれはかなわなかった。ふたりともパラライザーで撃たれたからね」

「まるでいま起こったことのように当時のようすがありありと目に浮かぶ」ホルムは苦しげにいった。

「ガルブレイス・デイトンはこの顛末をまったくちがうふうに解釈した」と、ブルー族はつづけた。「かれは、わたしがあなたの逃亡を阻止しようとしたと思いこんだんだ。わたしはそれに対してなにかいう理由もなかったからね。エスマルダは死んでしまってなにもいえない。イカルスときみの妻は消えてしまった。そんなわけでわたしは解放され、自分がこつこつ貯めた賃金のごく一部を使ってガタスにきた」

「それでいまはここで生きているんだな」ホルムは武器をおろした。

「持ってきたわずかな金で資産をつくるのに五十年かかった。わたしはとても幸運だった。それだけのことさ。シラーダともコンタクトしたが、つかまったりしていないから、子供を持つことも許された」

「その地下組織と連絡をとっているのか？」と、エンジニアはたずねた。武器はしまった。

「もちろんさ」と、ザルロ・イルグリッズ。「わたしはシラーダのメンバーを何人か知っている！」

＊

ザルロ・イルグリッズはかれに、NGZ八五〇年の惑星ロクヴォルトにおける公判のようすを忍耐強く説明し、アルバート・ホルムはかれを信じた。

エンジニアはさらに多くを知りたがった。とくに知りたいのは、自分の妻デニがどうなったかである。老いたブルー族はなにもわからないと残念そうにいった。

「調査したのだが」と、かれ。「イカルス・ペルとデニのシュプールは見つからなかった。逃亡がうまくいったのかどうかもわからない」

「エンデハル・ロフは？」

「かれも消息不明だ。やはり調べさせたんだが、成果はなかった。消されたのではないかと思っている。だって、ヒューマニドロームについてかれほどよく知っている人物はいないからね。ヒューマニドロームはいまでは戦闘ステーションになっていて、そうした情報は秘《ひ》匿《とく》されている」

アルバート・ホルムは目からうろこが落ちたようだった。

「そういうことだったんだな」と、思わずいった。「やつらはわたしがヒューマニドロームのことをよく知っているからキャンプに送りこんだんだ。殺されなかっただけ、幸運なのかもしれない」

ザルロ・イルグリッズとかれの息子とともに、ホルムは食卓についた。老いたブルー族は妻とほかに十二名の子供がいたが、かれらはこの町ではなく、ほかの大陸の親戚のもとに身をよせていた。しばらくするとホルムはすわっていられなくなり、立ちあがってそわそわと行ったりきたりしだした。

「なぜこんな罰をうけるのだろうと、わたしは五十年間も考えてきた」と、かれ。「だが、それが機密保持と関係があるとは思いもしなかった」

すでにかれはザルロ・イルグリッズが真実をいっていることに疑いをさしはさんではいなかった。

オッジル・イルグリッズは驚くばかり。かれはくりかえし質問した。父親がいっていることが、学校や国が管理しているメディアで聞いたり読んだりしたこととちがっていたからである。ホルムとかれの父親はかれの目を開かせた。

「これからどうするつもりですか、バート？」若者が最後に訊いた。

「やつらはわたしにあまりにもひどい苦痛をあたえた」と、ホルム。「どこかの惑星で隠遁生活を送るのもいいし、宇宙船で銀河系をかこむ防御壁の突破をこころみることもできるかもしれない。壁の向こう側を探るためにね。だがわたしにその気はない。無事ではいられないだろうから」

「あなたはなにもできない」と、ザルロ・イルグリッズが警告した。「復讐をしたいのはわかる。だがわれわれはみな、なにもできない。われわれの銀河は巨大な監獄なのさ。やつらはすべてをコントロールしている」

「かれらはわたしがロクヴォルトから逃亡するのをとめられなかった。《イカルス》で宇宙を飛行するのも阻止できなかった。わたしはいつか復讐をはたす」

「なにをするつもりなんですか？」オッジル・イルグリッズがまた質問した。「あなたの宇宙船でヒューマニドロームに突撃し、破壊しようとでも？」

「それはまた派手な作戦だな」と、ホルムはほほえんだ。「ただ、それだとわたしも死んでしまう。それはいやだ。わたしは自分の人生をまだすこし謳歌したい」

「復讐の相手はガルブレイス・デイトンなんじゃないか」と、ザルロがいった。「あなたの悲運はかれのせいだ。だがかれはどこにいるんだろう？　まだ生きているのかどうかもわからない」

「何年間かジェヴォニアに行って、静養したらいかがですか」と、若者が勧めた。「ジェヴォニアはパラダイスです」

「いまだに本当の自由がある、銀河系でたったひとつの惑星だ」と、父親がいいそえた。

「ジェヴォニアはテラとネーサンの力がおよばない惑星だ。チャンスがあれば、わたしも自分の全財産を持って家族とともにジェヴォニアに行きたいものだ。だが残念なことにジェヴォニアの宇宙データがわからない」

「ジェヴォニア！　あなたたちもその話をするのか？　ジェヴォニアはどこにある？　なぜそこには自由があるんだ？」

「その質問の答えられるのはシラーダだけだ」と、老人が応じた。「ジェヴォニアはリバルド・コレッロが隠遁した惑星だ」

「知っている」

「信じられないことだが、宇宙データがいつのまにか失われたんだ」ザルロがつづけた。

「べつの噂によれば、ジェヴォニアは宇宙的規模のカタストロフィで宇宙襞《ひだ》にはいりこみ、銀河ポジションがまったく変わってしまったらしい」

「それはかなり説得力のある説明だ」

「わたしもそう思う」と、ザルロ・イルグリッズは同意した。「ともかく、ジェヴォニアが実際にどこにあるのか知っているのはシラーダだけだ。シラーダと話してみなければ。シラーダはあなたがだれなのかわかれば、ジェヴォニアへの道を開いてくれるかもしれない。あなたはそれにふさわしいのだから」

アルバート・ホルムは緊張がほどけ、疲労に負けそうになってきた。

「あなたたちのいうとおりだろう」と、かれは小声でいった。「だがわたしはすこし休む必要があるみたいだ」

*

ザルロ・イルグリッズとエンジニアは夜遅くに家を出た。息子はいっしょにこなかった。ザルロはかれを家族のもとに行かせて、かれらを町に呼びもどすようにたのんだのである。

「あなたを撃たなくてよかった」真空パイプ軌道に乗りこんだとき、アルバート・ホルムがいった。列車は高速で南に向かっている。

窓のないその車輛に乗っているのはかれらだけだった。走行中だということはほとんどわからない。列車は音速の数倍のスピードでパイプ内を走行しているが、振動はまったくない。

ブルー族はかれの腕に手を置いた。用心しろという意味だ。

ホルムは愕然とした。ほんの短時間だったが、注意をおこたっていたからである。ザルロ・イルグリッズは、盗聴装置があるかもしれないとあらかじめかれにいっていたのだった。

列車が停止し、かれらは降車した。道路と公園の植栽が熱帯の植物だというだけで、ほかの点はほかの町と変わらない。家々の外見も同じだ。この町も惑星の地下にあり、数万人のブルー族が道路や広場にびっしりと集まり、楽しそうに新しい世紀を祝っている。

ザルロ・イルグリッズは公衆テレカムのところへ行き、短い通話をした。

「すべてオッケイだ」もどってきたかれはそういうと、ホルムを食べ物を売っている屋台に連れていき、ふたり分注文した。

ホルムは、かれが用心深くまわりを見ているのに気づいた。

「数分ほどしたら」ブルー族がささやいた。「われわれがコンタクトする男が迎えにくる」

突然、すぐ近くで閃光が二回はしった。群衆が叫びながら散っていく。ホルムは、ブルー族がひとり、けがをして屋台のあいだに横たわっているのを見た。かれは両手でエネルギー・ブラスターをかまえ、屋台のうしろにかくれているだれかをねらっている。

「はなれるんだ」ザルロ・イルグリッズが驚いて叫んだ。

また光がはしり、その男はぐったりして地面に沈みこんだ。見たところさらにけがを負った感じではない。武器がかれの手から滑りおち、明るい赤色の制服を着たブルー族二名がかれに近づいた。

ザルロやほかのブルー族たちと道路を逃げながら、ホルムはそれを見た。

「よりにもよっていま、起こるとは」と、友が嘆いている。

ホルムは立ちどまった。武器をもった男二名の制服の色が変化している。強烈な赤だったのが、グレイとブルーになった。ふたりはほかの無数のブルー族と同じような外見になった。

「秘密警察だ」ザルロがささやいた。かれの声は震え、全身が不安のためにぶるぶるしている。「やつらはいたるところにいる」

ふたりは道路を走っていたが、ほかのブルー族の動きがおちついてきたので、自分たちもゆっくりと歩きだした。

「やつらがなにもので、どこにいるのか、まったくわからないんだ」小声でザルロ・イルグリッズがいった。「あなたのすぐ横に立っているかもしれないし、突然かれらの制服の色が変わって、犠牲者に襲いかかるまで、こっちはわからない。わたしはかれらを憎んでいる」

「われわれのコンタクト相手のことはどうなる?」ホルムがたずねた。

「きょうはあきらめる」と、ザルロ。「シラーダのだれかがいま、自分の存在をわれわれに知らせるとは思えない。いまはね」

かれは正しかった。かれらはさらに二時間ほど外にいたが、話しかけてくる者はいなかった。

それからザルロ・イルグリッズはさらに三回、ヴィジフォンを使って短い通話をした。

「合言葉だけ伝えておいた」と、かれ。

かれらは数時間町をうろつき、それからホテルに行って翌朝まで寝た。

ホテルのシントロニクスがかれらを起こし、数分で大きなパレードが行なわれると知らせた。かれらは朝食をあきらめ、ホテルを出た。ふたたびザルロが何回か電話すると、突然かれらの横に華奢《きやしや》なブルー族の女があらわれ、意味深長に、特別な飲み物をのまないかと誘ってきた。

「エイラウドだ」と、ザルロが彼女を紹介した。「ここ数年ほど、会う機会がありませんでしたね」

「あなたが何回か電話をくれたので、やってきたの」と、彼女は応じ、ホルムはシラーダとのコンタクトが成立したのだと理解した。

急に緊張したために、かれは自分のグラスをきちんと持てないほどだった。以前はシラーダをいまいましく思っていたものだ。ヒューマニドロームをくりかえし危険におとしいれたからである。だがその後、この抵抗組織に対するかれの考えは変化した。シラーダがテラ政府となぜ戦うのかを理解したのだ。ロクヴォルトで五十年も囚人キャンプにいるあいだ、かれはくりかえしシラーダのことを夢想し、銀河全体を軛《くびき》から解放するのはシラーダしかいないという確信が強まっていた。

そしていま、かれはついに抵抗組織の戦士とコンタクトできた。かれの隣りに立つ華奢な女性は、シラーダの女戦士のイメージとはかけはなれていた。

5 シラーダ

シュプールをわかりにくくするために、数時間にわたって町のあちこちをやみくもに移動したのち、かれらは流行の消費財の展示センターにはいった。

エイララウドは外国産の皮革製品の部門を通り、かれらをオフィスに案内した。複数のモニターがついた作業テーブルの向こうにアルコン人が一名すわっている。かれらを見ると、かれはすぐに立ちあがった。いかにも誠実そうなしぐさでエイララウドを抱きよせ、それからザルロ・イルグリッズとアルバート・ホルムにも挨拶した。

「あなたが生涯の五十年ものあいだ、想像もつかないような苦労と不自由に耐えて囚人生活をしたかたなのですね」と、かれはいった。その赤いアルビノの目に独特の光が宿っている。

かれの眉毛はとりわけふさふさしていて、極端なわし鼻だ。年齢はよくわからないが、二百歳ぐらいではないだろうか。

「わたしはレタンです」と、アルコン人は自己紹介した。「ここのセクションの責任者です。おいでいただいてうれしいです。ロクヴォルトから無事に逃走できてよかった。あなたは勇気ある男だ」

「わたしは幸運だったんです」と、ホルムは応じた。

「そんなに謙遜しないで」と、レタンは笑った。「囚人キャンプから逃げるのはどんなに大変か、よく知っていますよ。以前にわれわれは、囚人たちを解放しようとこころみました。かれらは政権の敵対者になるので、われわれにとっては友ですからね。でもそれは危険な思いちがいだとわかりました」

「わたしたちはあやうく全滅するところだったわ」と、エイラウドがつけくわえた。

「ネーサンはよく考えぬいた末、わたしたちに囚人数名を提供しようとした。わたしたちはかれらをなにも考えずに解放し、急遽《きゅうきょ》テラのエージェントをわが陣営に迎えることになったの」

「われわれがこうむった打撃から回復するのに数年かかりましたよ」と、レタンがいいそえた。「こんなことはもう二度とごめんだ」

「バートは信用できる」ザルロ・イルグリッズが請けあった。

レタンはアルバート・ホルムの手をしっかりと握った。あたたかい微笑を浮かべ、ホルムを見ている。

「あなたの宇宙船で、われわれの友を何名連れていけますかな?」アルコン人が訊いた。

「五十名ほど、あるいは六十名は大丈夫かもしれません」

「すばらしい。そうすればわれわれは組織のメンバーの一部を安全な場所にうつせる」レタンはよろこんだ。「かれらをしばらくのあいだ、危険ゾーンから脱出させなければ。ジェヴォニアなら安全だ」

「直接そこに飛行するんですか？」ホルムがたずねた。

「もちろん、それはだめよ」と、エイララウド。「わたしたちはまずカッファンに行く。そこで男七名と女三名を収容する。テラナー、アルコン人、アコン人、スプリンガーたちよ。だれもが、わたしたちのために自分の命を何回も危険にさらしてくれた友なの。わたしもいっしょに行きます」

「わたしが行くかどうかはまだ決まっていない」と、レタン。「あと数日で決まるがね」かれらはいとまごいをして、オフィスを出た。エイララウドが食事に招待してくれた。町の最高級レストランである。

アルバート・ホルムはこの数十年忘れていたような高揚感につつまれていた。

シラーダがかれのためにパラダイスに通じるゲートを開けてくれたのだから！

*

ザルロ・イルグリッズとかれの家族といっしょに、アルバート・ホルムは二日後に

《イカルス》にもどった。シントロニクスはかれを歓迎し、ホルムが不在で寂しかったとまでいった。

ブルー族たちは旅行中に使うキャビンを見つくろい、ホルムはザルロと司令室に向かった。かれはシントロニクスにカッファンについてたずね、この惑星の宇宙ポジションがわかって安堵した。

「あすスタートする」と、かれはコンピュータにいった。「友が数名、またくわわる。かれらが搭乗したら、また出発だ。そのための準備をしておいてくれ」

「とうにしてあります」と、シントロニクス。「すぐにでもスタートできますが」

ホルムは船長のシートにすわり、宇宙船全体を入念にチェック。食糧品のストックの点検も忘れなかった。緊急時にはたとえ六十名が搭乗していたとしても、数日間はもちこたえたいもの。

翌朝、ザルロは宇宙船から出た。二時間後にかれはエイララウドと二十四名の男女とともにもどってきた。アルコン人、スプリンガー、アラスも混じっている。こうして船内の乗員は三十八名に増えた。

この集団が到着してからすぐに《イカルス》はスタート。宇宙に飛びだすさいに、無線通信が殺到したが、ホルムは応答しなかった。

フェルト星系をあとにすると、エイララウドはほっとしたようすだった。

「もっと大変だろうと覚悟していたわ」と、彼女。「かれらが攻撃してくるか、なんとかわたしたちを阻止しようとするだろうと思ったから。でも進路をさえぎる者はいなかった」

ホルムは彼女を見た。

「わたしはとくに驚いていない」と、かれ。「こうなるだろうと思っていた。ガタスにくるときも同じようだったから」

二日後、かれらはホルクライス星系の惑星カッファンに到着した。カッファンは巨大な赤い恒星の第十四惑星である。かれらは気づかれないように、用心深くそっと惑星に近づいた。

アルバート・ホルムは船長のシートにすわり、探知スクリーンを観察した。エイララウドとザルロ・イルグリッズがかれの隣りにすわっている。ふたりとも神経をとがらせ、おちつかない。

「あそこは地獄よ」と、エイララウド。「わたしはあそこで数カ月暮らさなくちゃならなかったの。ネーサンがカッファンの社会をカースト制にした。頂点に立っているのが総督。かれのもとに七名の管理者がいて、住人がいる大陸のそれぞれが管理者一名によって統括されているの。大陸は九つあるけど、アルクティスとアンタルクティスはなぜか除外されている。管理者の下にまた七名の〝正しき者〟がいて、かれらはすべてにおいて正しいとされている。そこまでが指導層で、かれらは家族を持つことが許されている」

「ほかの者たちは許されていないのか？」ホルムがたずねた。「それはどう解釈したらいいだろうか？」

「カッファンの男と女の九十パーセントはべつべつに暮らしているの」と、彼女。「三大陸は女性のためにあり、三大陸は男性のためにある。第七大陸は出会いの大陸とされている。ここでは、卓越した業績でおおいに貢献した男と女が、一カ月だけ会うことができる」

「ひどい話だ」と、ザルロ・イルグリッズ。

「さまざまな大陸の一部では、それが男の大陸であれ女の大陸であれ、ひどい状況よ。ほとんどの者は異性をもとめている。家族を持ちたい、たとえそれが数年でも自分の子供と暮らしたいと思うでしょ。そのためにかれらは文字どおりなんでもするの。わたしたちシラーダは、こんな社会をやめさせるためになんでもする用意はある。でも残念なことに、これまで成功したためしがない。政権に対して蜂起した者はいないわ。一生、第七大陸から締めだされるのを恐れているからよ」

「われわれはどこに着陸するんだ？」ホルムがたずねた。

「もちろん第七大陸よ」彼女が答えた。「ある程度安全なのはそこだけだから。まずはカッファンの周回軌道にのり、遠距離探知装置を使って最適な着陸場所を探すのがいいと思う。だれかに気づかれる心配はないわ。レーダー・ステーションや探知ステーションはなくて、あるのは衛星だけだから。それを使って総督はカッファンを監視しているの。すくなくとも衛星のひとつは排除しないと。警報を作動させずに着陸できるように」

重要な衛星をどのように攻撃したらいいか、彼女が正確な指示をあたえた。

「その衛星に分子破壊砲を使いましょう」と、彼女が決めた。

彼女はポケットを探り、細長い金属バンドをとりだすと、首に巻いた。

「《イカルス》を出る者は全員このバンドを装着して」と、彼女。「これは無害よ。カッファンで総督、管理者、正しき者以外全員がつけることを義務づけられているバンドとはちがってね」

「このバンドはなんなんだ？」ザルロ・イルグリッズが訊いた。「爆弾か？」

「そのとおり」と、彼女。「ほんもののバンドには通信装置と爆弾が組みこまれている。法律に反したり、好ましくない行動をとったりした者は、信号で消されるの。バンドをとりはずそうとしても爆発する。わざとそうして自殺した者もたくさんいるわ」

「そんな状況で、十名の友を逃がす方法なんてあるのかい？」ザルロが質問した。「逃亡に気づかれたらかれらが殺される恐れがあるのでは？」

「そのリスクをおかさなければならないってこと」と、彼女は応じた。「わたしは遮蔽《しゃへい》効果のある装置を持っている。でもその機能がはたして充分かどうかはよくわからないわ」

「なんだかいやな気分だ」ホルムが皮肉っぽくいった。

「わたしたちの友は絶望の淵にあるから、カッファンを出るためならどんな危険もいとわない覚悟なのよ」彼女は熱心にいった。「カッファンから充分に距離をとれば、かれらの危機は去る」

ゆっくりと惑星が近づいてくる。広大な水域がある。探知スクリーンには衛星がはっきり見えた。シントロニクスがカラーで強調しているのでなおさらだ。衛星が惑星の周囲に目の粗い観察網を張っているのである。

「あなたもいっしょに宇宙船から降りて、わたしたちの友を迎えにいく?」エイララウドがエンジニアにたずねた。彼女は数分ほど司令室から出て、軽快なレジャー服でもどってきた。その服は鳥の綿毛のようなブルーで、これを全身にまとった彼女は、ブルー族の目から見るとかなり魅力的である。

「とくに異論はないが」と、ホルム。「だが、なぜわたしにたずねたんだ?」

彼女は腕組みした。

「もしも危険な状況になったら、あなたは決然と戦うと思うからよ。囚人生活に逆もどりしたくないでしょ」

《イカルス》はカッファンの周回軌道に乗った。夜の闇が第七大陸をおおったとき、宇宙船は第七大陸上空の軌道にいる衛星に近づいた。分子破壊砲の比較的弱い一撃で、ホルムは衛星を破壊し、観察されずに着陸できるルートが確保された。

「攻撃されるなんて、だれも予想してなかったはず」と、エイララウド。「かれらが衛星が破壊されたと気づくより前に、わたしたちは逃げきれる」

《イカルス》は惑星の大気圏に突入し、高度をすみやかにさげた。シントロニクスの制御により、宇宙船は赤道の北側、連丘の縁に着陸した。五十キロメートルほどの距離に海洋に面した都市がある。

「休暇を楽しむならパラダイスよ」と、エイララウド。「数週間をいっしょにすごすために、男女がここにくるの。もちろん前の年と同じカップルに会うことはまずないわ。中央シントロニクスは、再会はごく例外的にしか起こらないようにプログラミングしているから。こうやって親しい結びつきが生まれるのを阻止しているのよ」

彼女は長さ五メートル、幅二メートルの反重力プラットフォームでホルムとともに宇宙船を出た。このプラットフォームは手動遠隔制御が可能なのだ。

外の空気はちょうどいいあたたかさで乾燥していた。ホルムはシャツを開いて胸を出し、深呼吸した。自由だ。これまでずっとついてまわっていたロクヴォルトの重苦しい影がだんだんに消えていく。

しかし、五十年の囚人生活の記憶はそれほどかんたんに振りはらえるものではない。かれは安全な《イカルス》を出ることをためらった。だがほかの者たちが自分の支援を必要としている。かれ自身、長いあいだ希望をいだき、待ちわび、くりかえし失望してきた。いまは自分がシラーダに属していると感じているし、だれも失望させたくはなかった。

エイラウドは反重力プラットフォームをあやつって町はずれまで行き、窪地に着陸させた。

かれは指で首のまわりの金属バンドを探るようになぜた。

模造品でよかった、とかれは考えた。

「気をつけるのよ」がさがさと音をたてる草地を通って数棟の建物に近づきながら、彼女が警告した。「ここではみんな、なんとかして手柄をたてて政権に気にいられようとしているのを忘れないで。わたしのいうとおりにして。そうじゃないと密告されて、ほんものの爆弾バンドを首につけて囚人キャンプにいれられるから」

建物のあいだを通りぬけると、海辺のプロムナードに出た。無数の照明で煌々《こうこう》と照らされている。海岸に沿ってずらりとならぶ商店、レストラン、音楽宮殿、カジノ。その前でたむろしている銀河系のあらゆる地域からきた客たち。

エイラウドはかれと何軒かあるレストランの前をぶらついてから、カジノにはいった。自動装置で客たちがギャンブルに興じている。

「かれらは生涯で使いきれないほどの大金が手にはいることもあるの」と、女ブルー族がいった。「それだけじゃない。滞在中の住居、建物、反重力グライダー、音楽施設、食事の費用の心配もない。売春宿もなにもかも」

彼女は両手をあげ、軽蔑の表情を浮かべた。

「勝てるチャンスはごくわずか。でも幸運をつかめば、そりゃあもう、大騒ぎよ」

アルバート・ホルムはこのからくりを、彼女以上にわかる気がした。ここでも〝囚人〟は飴と鞭で支配されているのである。きょうは鞭の一撃をくわえ、あすは報酬をあたえる。こうして囚人は体制に屈服するのだ。

自動装置のところにスプリンガーが立っていた。かれは両のこぶしでロボットを口汚くののしりながらたたいている。ロボットが最後の金をむしりとったと大声で叫びながら。

エイラウドはかれに硬貨五枚をわたした。

「わたしのために賭けて、スプリンガー」と、彼女。

かれは金を受けとり、彼女をちらりと見てまた賭けた。

「われわれはずっと待っていた」と、かれが小声でいった。「こんなに長く、どこにいたんだ？」

「準備はできてる？」彼女が訊いた。

「すぐに出発できる」

それからかれはまた賭博で一生を棒に振ったかのように悪態をついた。

「あなたはお金を出さなかったほうがよかったかもしれない。またすっちまった！」と、かれはエイララウドにどなり、急いで立ちさった。

彼女はホルムに目くばせし、かれとほかのギャンブル・ロボットのところに向かった。装置の角に鉛筆で数字が書かれている。彼女は手をその上に置き、ロボットが彼女にいうことを聞きとり、それから背を向けた。

「本当は賭けをする気なんてなかったの」彼女は大声でいった。ホルムはその言葉が自分に向けられたものではなく、どこかでかくれて聞き耳をたてている者に向けられていると理解した。数メートルはなれたところで、情熱的にキスをしているカップルだろうか？

彼女はかれのわきを通りすぎるときに、指先でかれを軽くたたいた。たちまちホルムは、自分たちが危険な状態だと察知した。

長身のブルー族がかれらに近づいてくる。この男がかれらから十歩ぐらいの距離まできたところで、突然かれの首のバンドが爆発した。

叫び声をあげながら、エイララウドはほかの客たちといっしょに賭博サロンから逃げた。アルバート・ホルムも深く考えもせずそれにつづいた。かれがぴかぴか光る扉を通って外に出たとき、さらに二回の爆発が建物を揺るがせ、耳をつんざく大音響とともにガラスや壁の内装やギャンブルの自動装置が飛びちった。

ホルムはパニック状態になり、数秒ほど方向感覚を失った。つかまるのではないかという不安でいっぱいになったのだ。

かれは外に出て海岸に沿って走ったが、ホールからそれほどはなれはしなかった。突然、巨大な影が目前にあらわれて、かれをつかんだ。

「冷静さを失っちゃだめだ、友よ」と、声がして、すぐにそれがだれかわかった。

かれは目をあげた。

かれの前には賭博場でエイララウドに話しかけたスプリンガーが立っていた。

「ちょっとした騒動は残念ながら必要なのでね。このあたりはスパイがうようよしている。われわれはかれらの注意をそらさなければならない」

エイララウドが合流したとき、ホルムは大声で笑った。

「そんな大声を出さないで」プロムナードを歩きながら彼女がちいさな声でいった。やじ馬たちがやってきたが、かれらは立ちどまらなかった。できるだけはやく賭博場からはなれなければならない。

数十機の警察グライダーが灯火を明滅させながら近づいてくる。そのうしろはロボットの消防車だ。

　スプリンガーが立ちどまった。

「しずかに」と、かれ。「注目を集めないように」

　かれは右手をあげてなか指にしている指輪をまわした。この操作で、かれはすでに二百メートル以上はなれている賭博場にさらなる爆発を引きおこした。太さが何メートルもある炎が夜空に噴きあがった。

「これでかれらの注意は向こうにそれる」と、かれは満足げにいって、エイラウドの手をとり、暗やみのなかにある家に導いた。

　どこか遠くでサイレンの音がして、さらなる警察グライダーが猛スピードでやってくる。

　混乱と無秩序状態をさらに高じさせるために、スプリンガーは係船場所の浅瀬で波にもまれていたボート一艇も爆発させた。

　スプリンガーはドアを勢いよく開け、かれらは家にはいった。ちいさな部屋の壁ぎわに男六名と女三名が立っている。テラナー、アルコン人、アコン人、スプリンガー、それにブルー族も一名。かれらは手にいつでも発射できる状態の武器を持っていた。スプリンガーだとわかって、かれらはほっとしたように武器をおろした。

「うまくいかなかったのかと思っていたんだ」テラナーのひとりがいった。悲しみとひどい苦痛と不自由と失望がはっきりと見てとれる男だが、それでも驚くようなエネルギーをはなっている。

「わたしが準備すれば、なんでもうまくいくの」エイラウドが自信たっぷりにいった。反重力プラットフォームの遠隔制御装置をなにやら操作してから、彼女はアルバート・ホルムを全員に紹介した。

「かれが《イカルス》の所有者です」と、報告。「だから船内ではかれが最終決断をくだす船長なの」

彼女はかれの腕に友好的に手を置いた。

「かれはあなたたちと共通する点がたくさんある」と、彼女はつづけた。「もう聞いたと思うけど、かれはテラがコントロールできなかった男よ。五十年も原始林で暮らさなければならなかったけれど、かれの意志はくじかれなかった」

「長い話はいらない」と、ホルム。「シュプールを追われる前にここから消えうせないと」

賭博場にいたスプリンガーはエンジニアに近づき、かれを賞讃するように握手をもとめた。ほかの者たちもそれにつづいた。

「われわれのために命をかけてくださったなんて、信じられません」と、アコン人。「けっして忘れませんよ」

部屋の一隅にインターカムのモニターがあった。それまでは海岸のプロムナードとその背景の炎上する賭博場だけがうつしだされていた。だがいまは映像が変わり、不安でゆがんだ若い女テラナーがうつしだされた。

「はやく行って！」と、彼女が叫んだ。「あなたたちを裏切ったから。それしかやりようがなかったの。拷問されたからよ。あなたたちをつかまえようとやつらが向かっている」

驚きがひろがった。シラーダの男女は首に手をやった。かれらはバンドに通信インパルスを遮蔽するというカフスをとりつけていた。だがその防御効果が充分かどうかはだれにもわからない。

アルバート・ホルムはエイララウドについてドアの前まで走った。彼女は遠隔制御装置をあやつり、数秒後には反重力プラットフォームが近づいてきた。

「あらかじめプラットフォームを近くまで呼んでおいてよかった。ガルダンに感謝」と、彼女はいって、ほかの者たちといっしょにプラットフォームに乗り、しゃがみこんだ。

アルバート・ホルムは雷に打たれたように立ちすくんだ。

エイララウドは悪魔の崇拝者だったのか？　それとも彼女はガルダンという名を軽い気持ちでいったのだろうか。

「どうした？」テラナーのひとりがいった。「乗らないのか？　ぐずぐずしているとかれらがくるぞ!」

ホルムは決心してプラットフォームに乗った。エイラウドは速度をあげ、原始的な乗り物は夜の闇を突きすすんだ。

「なにがあった?」と、賭博場のスプリンガーがたずねた。かれは手をホルムの肩に置いた。「なにか気になることでも?」

「いや、なんでもない」と、いうかれの答えは説得力がなかった。かれはエイラウドから目をはなさなかった。彼女は立ちあがり、プラットフォーム上で唯一まっすぐに身を起こしていた。

彼女を信用していいのだろうか? かれは運命をこの女の手にまかせ、パラダイスのジェヴォニアに行こうとしている。

エイラウドは真実をいっているのだろうか? 彼女は本当にシラーダのために働いているのか?

五感を総動員しろ! かれは自分に警告した。正気をたもて。この男女は彼女をすでにおまえより前から知っている。かれらは彼女と協力してシラーダのためのアクションを起こしていた。もしもかれらが彼女を信じているのなら、おまえもそうしていいだろう。

かれは警察のサイレンが夜の闇のなかで響いているのを聞いた。横にいる男たちと女たちが、不安と驚きのために両手を首の爆弾バンドに置いている。かれはわいてくる猜《さい》疑《ぎ》心を恥じた。

おまえはいつも自分のことしか考えていないじゃないか！　かれは自分を非難した。かれらはもっとつらい目にあってきたんだぞ。

宇宙船が視界にはいってきた。《イカルス》の主エアロックを開いていて、エイラウドはプラットフォームをなかに向けて進めた。

アルバート・ホルムはプラットフォームから飛びおり、司令室に通じる通廊に走りこんだ。かれはちょっとだけ振りかえり、シントロニクスがハッチを閉めるのを確認。

「スタートしろ！」司令室に駆けこんだかれはどなった。「一秒たりとも失うわけにはいかない」

「ご心配なく」と、コンピュータは答えた。「すべて準備してあります。われわれはすでに空中にいて、急速に高度をあげています」

「まだ遅い」と、かれは答えながら、船長のシートに身を沈めた。額から汗をぬぐう。

「主エンジンのスイッチをいれろ！　最大値で加速せよ！」

《イカルス》がすこし振動した。宇宙船はかれの命令にしたがい、惑星の重力場から猛スピードで脱した。

「もっと先へ！」ホルムはせき立てた。「超光速に移行し、この星系を出るんだ！」

カッファンから解放された男女が司令室に入ってきた。かれは振りかえって一同を見た。泣いている者もいる。

「なんてことでしょう」女アコン人がいった。「わたしたちはパラダイスに向かっている。とても理解できないわ！」

6 LFG

「シントロニクスにジェヴォニアの銀河ポジションを知らせたほうがいい」と、アルバート・ホルムは助言した。「正しい針路をとれるように」

「直接ジェヴォニアには行かないわ」驚いたことにエイラウドはそう答えた。「それは危険すぎる。どんなに注意しても監視されたり、追跡されたりしている可能性はあるから」

ホルムはシントロニクスを指さした。

「それはコンピュータが表示してくれるだろう」

彼女は否定するように両手をあげた。

「わたしたちの決定にしたがって」と、彼女は答えた。「シラーダは基本的にまっすぐジェヴォニアには飛行しません」

「じゃあどうやって?」司令室にとどまっていたザルロ・イルグリッズがたずねた。ほかの者たちは全員がキャビンにもどって休養をとっていた。

「あなたたちはすごく興奮してるのね」彼女はおもしろがっているようだ。「なぜかって？　わたしたちはLFGとランデヴーするの！」

「LFG？」ホルムとザルロが異口《いく》同音《どうおん》にいった。「なんだ、それは？」

「〝最後の自由ギャラクティカー〟のことよ」彼女が説明した。「LFGの宇宙船とランデヴーする。この宇宙船がわたしたちを引きうけ、ジェヴォニアに飛ぶ。《イカルス》はどこにとどまるかはその宇宙船の船長が決めるわ。また必要になるまでランデヴー・ポイントにもどっているか、いっしょに移動するかよ」

「それで安心した」と、ザルロ・イルグリッズがため息をついた。

「あなたも？」彼女はホルムに訊いた。

かれはほほえんだ。

「わたしもだ」

かれはまたおちつきをとりもどした。シラーダと、これまで一度も聞いたことがなかった〝最後の自由ギャラクティカー〟とやらが、慎重に策略を練っているにちがいないと理解したのだ。

かれらを信用するんだ！　かれは自分にいいきかせた。かれらはなにをすべきかわかっている。おまえが囚われていたあいだもずっと、かれらは自由にすごしてきた。かれらはすべてのトリックを知り、とくにテラに策略を見抜かないようにするにはどう行動すべきか知っている。

　エイラウドは腰のベルトをゆるめ、外側に回転させた。それから自分が書きとめた銀河系のデータを読みあげた。

「わかりました」と、シントロニクスは答え、モニター・スクリーンにデータを表示させた。「いつスタートしますか？」

「いますぐだ」ホルムは決断した。

「それでいいわ」と、エイラウド。

　エンジニアは自分のシートにすわった。突然、はげしい睡魔に襲われたのだ。《イカルス》は加速した。

「ランデヴー・ポイントはここからほぼ三万光年の位置です」と、シントロニクスが告げた。「わたしの基礎資料によれば、ジェヴォニアまで行くにはそこからさらに約三万五千光年あります」

「そのデータは正しいかもしれないけれど」彼女は曖昧《あいまい》な口ぶりだ。

　エイラウドにはっきりとした発言をする準備がないことは明らかだった。

「《イカルス》は非常に高速とはいえない」と、ホルム。「目標地点に着くまでに二日はかかる。よく寝るには充分な時間だ」

　かれは立ちあがり、自分のキャビンに引っこんだ。

ザルロ・イルグリッズとエイラウドも司令室を出た。これから二日間、かれらはとくにここにいる必要はない。

アルバート・ホルムは横になるやいなや寝てしまった。長年のあいだ、夢も見ずにこれほど深く眠ったのははじめてだった。安心感につつまれていたのである。

＊

「ランデヴー・ポイントに接近しています」シントロニクスがいった。非常に大きな音声だったので、ホルムも目ざめた。

「あとどのくらいか？」

「一時間です」と、シントロニクス。「到着の一時間前に起こすようにあなたにたのまれましたので」

「そうだ、よくやってくれたな」と、かれは褒めた。かれは立ちあがり、気がすむまでシャワーを浴びるために衛生キャビンに行った。

かれは自分の内なる声に耳を澄ませた。

あまりいい気分ではない。《イカルス》でジェヴォニアまで飛行させてもらえないことがなんとなく気にいらないのだ。

〝最後の自由ギャラクティカー〟の宇宙船もなんだか気にいらない。シラーダの男女は自分よりずっと経験豊富で、なにをすべきか確実に知っているとわかっていてもだ。

だが、かれらの慎重さが実際に当を得たものなのか？　ＬＦＧの宇宙船だって、もしもこれを監視している者がいるとしたら、《イカルス》同様に追跡される恐れがあるのでは？

「われわれが監視されているという徴候には気づかなかったか？」かれは衛生キャビンを出て服を着ながら、シントロニクスにたずねた。

「いいえ」と、コンピュータ。「われわれが追跡されたり、探知されたりしていないことはたしかです」

アルバート・ホルムはほかの者たちといっしょに食事をする気になれなかった。かれはシントロニクスになにか食べるものをキャビンに運ぶようにたのみ、すぐに壁の仕切りから焼きたてのトーストとコーヒーを受けとった。それで充分だった。

「ランデヴー・ポイントに接近中です」と、コンピュータ。「前方に黄色恒星があります。五惑星があり、いずれも居住できません。宇宙船はまだ星系にはいっていません」

「エイラウドが、すこし待機しなければならないと示唆《しさ》していた」かれが応じた。「船内でわたしが知っておいたほうがいいような出来ごとがあったか？」

「曖昧な質問ですね」と、シントロニクスがとがめた。「あなたに対する危険について話されているという前提に立ってお話ししますが」

「とくに異状はありませんでした」

ホルムはキャビンを出て、司令室に行った。ザルロ・イルグリッズがそのすぐあとにやってきたとき、シントロニクスがほかの宇宙船の到着を告げた。

「球型船です」と、コンピュータはいった。「近代的な構造です。直径は二百四十メートル」

「そのとおりだ」

アルバート・ホルムは驚いて前かがみになった。〝最後の自由ギャラクティカー〟がそのような大型宇宙船を持っているとは予想していなかったのだ。

このクラスの宇宙船は、かなりの攻撃力をもっている。

「これはかなりのものだ」ブルー族が感激していった。「なぜかれらはこれでロクヴォルトに飛来し、ヒューマニドロームを砲撃で破壊しないんだろうか？」

「ヒューマニドロームは戦闘ステーションになって、おそらく宇宙船のひとつやふたつかんたんにやっつけられるからだろう。われわれの友はそれを知っているんだ。そうじゃなきゃ、とっくに攻撃をしかけているだろうから」

ホルムは確信をもってそういいはなった。だが実際にはそうは思っていなかった。

ロクヴォルトの囚人収容所での長い長い夜に、かれはしばしば空を見あげ、衛星のような大きさで惑星ロクヴォルトを周回するヒューマニドロームを眺めたのだった。ほかの四人が、——この宇宙構造物は戦闘ステーションに改造されたと話していたが、演習目的で通常の発砲が行なわれたことさえなかった。

この件について、かれはほかの者たちとしょっちゅう話していた。だが、いまではそうする気すら起きない。かれは自分の過去について話したくないのだ。

そしていまほかの宇宙船がこの星系にきた。宇宙船の前にはかれら全員にとって希望とパラダイスを同時に意味するジェヴォニアがある。

探知スクリーンにその宇宙船の映像があらわれた。

ホルムは無意識に身を乗りだした。

「閉じた球形じゃない」驚いたようにザルロ・イルグリッズが確認した。「見てみろ！　この宇宙船は大きな開口部が十カ所以上はある。そのうちの一部は《イカルス》がはいるほど大きい」

「それがこの構造物の意味だろう」と、ホルム。「小型宇宙船や特別動員のためのモジュールを使えるように」

かれはなにも心配する必要がなかった。シントロニクスがランデヴーのための操船を引きうけてくれたからだ。

二隻の宇宙船がほんの数キロメートルの位置まで接近したときに、その宇宙船の船長が連絡してきた。若そうなアルコン人で、スクリーンから魅力的なほほえみを送っている。

「やっときましたね」かれは響きのいい声でいった。

ホルムは自己紹介した。

「わたしはアフラブ・アルダハン」と、アルコン人。「LFGの部隊に属するこの宇宙船の船長です。みなさんを引きうけます」

「全員か?」と、ホルム。

「なにからなにまでぜんぶです」と、アルダハンは笑った。「われわれはみなさんの宇宙船に接近し、かんたんにわが宇宙船のエアロックにうつれるようにします。問題ありません。コンピュータがすでに調整を終えています」

かれはホルムに向かってうなずいた。

「船内の食堂でお会いしましょう」と、かれは別れを告げ、通信を切った。

「感じのいい人よね」知らないうちに司令室にきていたエイララウドがいった。「かれはシラーダの作戦をひきいて、すばらしい成果をあげたの」

「シラーダと〝最後の自由ギャラクティカー〟はどういう関係なんだ?」ザルロがたずねた。

「くわしくはいえないわ」エイララウドがいった。「抵抗運動をしている組織はたくさんあるの。その組織はみんな友好的に協力しあっている」

アルバート・ホルムは《イカルス》がもう一隻の宇宙船に接近し、ドッキングするようすを追っていた。スクリーンの一部が暗くなった。

「われわれは大いなる兄弟の一部となりました」皮肉っぽいニュアンスをこめてシントロニクスが告げた。「エアロックBを通って相手の宇宙船に直接はいれます」

ほかの者たちはあわてて行動したが、ホルムはまだ自分のシートにすわったままだ。

「すべてのシステムのスイッチをいれたままにしておけ！」と、かれは命令。

「そういうわけにはいきません」と、シントロニクスが反論した。「わたしはエンジンを作動させることができません」

「それはわかった。それ以外の点では《イカルス》はいつでもスタートできる状態だ。わたしは非常時にはすぐに逃げられるようにしておきたいんだ」

「非常時があると予想しているんですか？　もうすこしくわしく教えていただけますか？」

「その必要はない」と、エンジニア。「非常事態が起きたら、それは技術的な問題ではなく、向こうの乗員のせいだ」

そういってかれは立ちあがり、やはり司令室を出た。

もやもやした気持ちがまた生じた。

アフラブ・アルダハンは感じのいい男だ。だがホルムはなにかしっくりこないものを感じた。

かれはキャビンにもどり、服のなかにかんたんにかくせるたいらであつかいやすいコンビ銃を持った。それからエアロックを通って大型宇宙船に移乗するほかの者たちと合流した。《イカルス》を最後に出たのはかれだった。

なんだか自分から支配権が奪いとられているような気がする。かれはそう思った。

ＬＦＧ船のエアロックには、かれらを歓迎するために陽気で騒がしい五名のテラナーが立っていた。奇抜な外見の者たちで、自分たちの見ためをあまり重視していないらしい。

かれらは一団を反重力シャフトに導き、それで上のひろびろとした食堂に案内した。テーブルには食事と飲み物が用意されている。ホルムはそこにあるごちそうの量と多彩さに驚いた。

「シラーダは財政的に苦しいとばかり思っていたんだが」ザルロが小声でかれにいった。

かれらはテーブルにつき、しばらくすると船長がはいってきた。身長が二メートル以上あるアルコン人で、堂々たる押しだしだ。

立ちあがろうとしていたアルバート・ホルムのところにかれがきた。船長はすかさず手をホルムの肩に置いた。

「どうぞ、すわったままで」と、アルダハン。「わたしのほうがあなたに敬意をはらう立場です」

かれはほかの者たちのほうを見た。

「みなさんは抵抗運動のために並はずれた働きをなさいました」と、かれ。「これほど多くのシラーダの友で構成されたグループは、銀河系ひろしといえども存在しません。わたしと宇宙船の乗員にとって、大変な名誉です。安全にみなさんをジェヴォニアにお連れしますので、どうか安心してください」

ホルムはアフラブ・アルダハンがかれの業績をことに強調したことに違和感があった。けっしてちいさくない埃《ほこり》の粒がまとわりついている気分だ。船長は友好的で親切だった。食堂にいるだれもがかれに心を開いている。だがかれと船長のあいだには、なにか両者を隔てるものがあった。

三名の男がはいってきて、食事をさらにおぎなった。

アルバート・ホルムは自分の内部のすべてが硬直したのを感じた。

かれは三人のうちのひとりを知っていた。かれの誕生の日を記録したヴィデオフィルムにうつっていた男だ。ヒューマニドロームの首席エンジニアのエンデハル・ロフが録画を保存していたのだ。ホルムの父親が息子の誕生を祝って開いたパーティにかれも出席していたのである。

その男の名はアリブ・オホラ。かれは、文字どおり生きるよろこびで満ちあふれていた訪問客のひとりだった。ホルムはこの男が肩からかけていた炎のように赤いケープと、きらきらしたたくさんの指輪をおぼえている。

いまのアリブ・オホラは見る影もなかった。年老いて、その顔には生きるよろこびのかけらも見いだせない。

死んだ目をしている！ エンジニアは思った。

アリブ・オホラにはなにかが起きたのだ。それがかれの人となりを奪ってしまった。アルバート・ホルムはかれが出ていくようすを観察した。両腕がまるで死んだ人の腕のように両わきでぶらぶら揺れている。その動きは機械的で力というものが感じられない。

人形のようだ！ そんな考えがホルムの頭をかすめた。

もはや違和感どころではなかった。かれのなかで警報アラームがけたたましく鳴っている。この宇宙船のなにかが本来あるべき姿ではないのだ。

まるで罠にはまったようだ。

不信感でいっぱいになって、かれは食べ物と飲み物を見た。みなごちそうを楽しんでいたが、かれはまったく手をつけなかった。

おまえはどうしたんだ？ かれはそう自問した。ほかの連中を見ろ。心配している者なんていない。かれらはご機嫌だ。おまえよりも事情に通じているのに。とくにエイラウドだ。なにか異常を感じたら、彼女は船内に移乗したりしなかっただろう。

だがなんの役にもたたなかった。かれはおちつくことができなかった。《イカルス》にもどるチャンスがあったら逃さないぞ。そうかれは決心した。どうしようもなくなったら、《イカルス》といっしょに自爆するのみ！

「なにも食べないんですね」と、アフラブ・アルダハンがいった。手に皿を持ち、グリルした魚と野菜をテーブルからとっている。

「食欲がないんだ」と、ホルムは答えた。

アルコン人の食欲は相当なものだった。

「ばからしいですな」と、船長は笑った。「興奮しすぎたんでしょう。よくわかりますよ。あなたは長年にわたって耐えがたい苦痛を味わってきた。そんなストレスを受けてもへこたれなかったのは、本当に奇蹟のようだ」

たしかにかれのいうとおりかもしれない、とホルムは考えた。緊張しすぎただけだ。これまでがあまりにも悲惨すぎた。自由をまた奪われるかもしれないと考えただけで、不安で正気を失いそうになる。

かれはアルコン人がとったのと同じ魚と野菜をとって、食べた。あまりにもおいしくて、驚くばかりだ。

「ね、そうでしょう」アルダハンが笑った。「食べると自然と食欲が湧きますよ」

アルバート・ホルムはすこしおちつき、かれと船長のあいだにあった目に見えない壁が徐々に消えていくようだった。

かれは船長と言葉を交わし、あたりさわりのないことについてしゃべることに成功した。

最後にかれはLFG船のことを話題にした。

「非常に近代的な宇宙船なんです」と、アルコン人。「数週間前に掠奪したんですよ。造船所から直接ね」

かれは声を立てて笑った。

「テラナーはかんかんに怒ってましたよ！」

「この宇宙船で銀河系を出ることもできるのか？」ホルムが訊いた。

アフラブ・アルダハンは理解のあるほほえみを浮かべてかれを見た。

「その質問はいつも耳にしますが」と、かれ。「それは無意味なんじゃないでしょうかね。外には見るに値《あた》いするものはなにもありません。NGZ四四八年の宇宙的カタストロフィとそれにつづく混乱状態のなかで、外側にあったものはすべて破壊されてしまいましたからね」

ホルムはうなずいた。

「もちろん。銀河系の外側にあるのは大きな虚無だけだ」

アルコン人は自分の皿をわきに押しやった。

「どうぞこの宇宙船を見てください」かれはエンジニアにいった。「あなたのような技術に対する造詣が深い人には見るべきものがたくさんありますよ」

「ひとりでもいいのか？」

アルダハンは両手をあげて笑った。

「いけない理由がありますか？」かれは大きな声でいった。「かくすものなどありませんから」

「ありがとう」と、ホルム。「考えてみる」

両肩にのしかかっていたものすごい重圧から解放されたような気分だ。船長はかれひとりで船内を見させないだろうと確信していたのだ。

それでもいい、とかれは考えた。だれもかれも疑うのはもうやめよう。

かれは立ちあがり、食堂を出た。それを引きとめる者はいなかった。

扉の前に分岐があって、四つの通廊にわかれていた。アルバート・ホルムは司令室から遠ざかる方向にのびる通廊を選んだ。かれは動きたかっただけでなく、ひとりにもなりたかったのだ。

通廊の終わりまでくると、また分岐点があった。右に行こうとしたが、そこでかれは根が生えたように立ちどまった。十メートルもはなれていないところに、ガタスのシラーダをひきいている謎めいたアルコン人、レタンが立っていたからだ。

レタンはアコン人と話していて、ホルムに気づかなかった。

エンジニアはあわててさっききた通廊の一隅にもどった。壁に背中を押しつける。心臓がはげしくどきどきと鳴っている。

なぜレタンが船内に？ かれはガタスにのこっているのではなかったか！ ジェヴォニアに行くつもりだったら、なぜ《イカルス》でいっしょにこなかったのか？

7　ドロイド

　アルバート・ホルムは通廊の端までゆっくりと移動し、耳を澄ました。ふたりの男の声は聞こえるが、距離がはなれているので、内容は完全にはわからない。

　自分はなにをすべきか考えたが、緊張のあまり充分に精神を集中できなかった。

「処理をはじめよう」レタンが突如として大声でいった。「不必要に時間をむだにするわけにはいかない」

「よくわかった、レタン」アコン人が答えた。

「それじゃあ、あとで！」

　ホルムが足音を聞いたとき、もうアルコン人は角を曲がってきていた。遅すぎた。逃げることができなかった。かれはぶつからないように、わきによけた。

「アルバート・ホルム」白髪の男は驚いていった。

「予想していなかったんだな」ロクヴォルトの男は腹をたてていった。「ちょっと説明をしてもらおうじゃないか」

「本気か？」と、アルコン人が訊いた。「いったいどうした？」

アルバート・ホルムは自制心を失った。かれは相手のコンビネーションのたるんだ生地をしっかりとつかんだ。

「わたしをからかっちゃいけない」かれはアルコン人をどなりつけた。「あなたはここでなにをしているのか知りたい。なぜ船内にいる？　ここにきたかったのなら、なぜ《イカルス》に乗らなかったんだ？」

「それが気にいらないと？」

レタンは驚いたことに攻撃に出た。かれの目の表情は変わらず、独特の笑みもそのままだ。かれのこぶしがホルムのみぞおちを勢いよく直撃したために、エンジニアは目の前が真っ暗になり、足からくずおれてしまった。かれが床に転倒するとふたつめのパンチがきた。

朦朧《もうろう》とした状態で、ホルムはレタンの前に横たわっていた。

「ほかに質問は？」アルコン人は皮肉な笑いを浮かべて訊いた。「こんなやり方で答えるのでよければ、いつでも相手をするよ」

アルバート・ホルムはなにかいえる状態ではなかった。気分が悪く、耐えられないほど腹が痛い。重いからだをようやく起こした。ようやく両足で立ったものの目眩《めまい》がした。

アルコン人は黙ってかれを見ている。

ホルムは徐々に回復した。

「よくわからない」あえぎながらかれがいった。だがかれのねらいはレタンになにかを伝えることではなく、かれの注意をそらし、あざむくことだった。

かれはテラナーのスパイだ！　ホルムはそう疑った。裏切り者かシラーダを罠にはめようとしているドッペルゲンガーだ！　かれはここに忍びこんだ。ほかの者たちに警告しないと。

かれは右に逃れるように見せかけて、左に転び、肩を下にして回転した。アルコン人のこぶしがかれの頭すれすれに通って、髪の毛がそれを感じたほどだった。ものすごい音をたててこぶしは壁に命中。

ホルムは跳びあがり、通廊に逃げこんだ。

「そこでとまれ！」レタンは叫び、かれのうしろを走っている。

エンジニアは肩ごしに振りかえった。頭のなかはひとつのことしか考えていなかった。エイラウド、船長、ほかの者たちに警告しなければ。この裏切り者の犠牲になってはならない！

アルコン人がかれを追いかけてくる。両腕を曲げ、こぶしを握りしめて。

ホルムはたじろいだ。

レタンは力まかせに殴りかかってきた。しかし、最後のパンチでかれはホルムを打ちそこなった。かれのこぶしは壁にはげしくぶつかった。なぜ血が出ない？　ふつうだったら立ちどまって、痛む手をおさえるのではないか。だがレタンは痛みを感じていないようだ。

ホルムははっとした。ロクヴォルトのジャングルにあった囚人キャンプでの出来ごとを急に思いだしたのだ。あるロボットが囚人のひとりをさんざん殴って、その囚人は自分を守るためにロボットに斧で対抗した。ロボットのこぶしが刃にぶつかって壊れたが、ロボットの処罰をやめさせることはできなかった。

ホルムは理解した。

かれは振りむき、ベルトの武器をとり、レタンの右足に発射。コンビ銃のグリーンの分子破壊ビームがその足の膝から下を切断した。

アルコン人はその瞬間に体重を左足にうつし、なにごともなかったかのようにその足で大きなジャンプをくりかえして跳ねていった。

エンジニアは準備ができていた。かれは左足を撃ち、これも切断した。

レタンは床に転倒し、でんぐり返ってふたたび起きあがり、両足のつけ根を使って前に突進。

ホルムは逃げた。レタンが恐ろしいまでに近づいてきたからである。ふたたび肩ごしに振りかえり、充分な距離差ができてからかれはまたくるりと向きを変えた。分子破壊ビームでレタンを撃ち、今度は最初にその右足を、それから左足を胴体ぎりぎりのところまで切断した。

アルコン人は寝たままになったが、両手を支えにしてゆっくりと起きあがった。

ホルムは危険をおかさない。かれはレタンの両腕も破壊した。それからかれの隣りにひざまずき、片腕をひろいあげた。

なかにセラミックの骨格があってもかれは驚かなかった。

「ロボットだったのか」と、かれはいった。「もっと早く気づくべきだった」

アルコン人の外見のドロイドはかれを見あげた。

「スパイとして忍びこんだんだな」と、ホルムはたしかめた。「どういうことなんだ？　ほんもののレタンを殺して、かれになりすましたのか？」

ロボットは答えない。

「おまえにはシラーダを敵に売りわたしたりさせないぞ」エンジニアはつづけた。「つかまえられてよかった」

「シラーダは敗北する」と、ドロイドはいいはった。「潜入しているのはわたしひとりではない」

「知っている。アコン人がひとりいるな。わたしはかれを見た」

「それでぜんぶじゃない」赤い目が勝利したように光っている。「われわれは区別がつかない。シラーダと〝最後の自由ギャラクティカー〟の時代は終わった。もう出る幕はない」

ドロイドは高笑いをした。

「あとはだれがわれわれの味方か、おわかりかな?」挑発するようにドロイドが訊いた。「ザルロ・イルグリッズか? 船長か? エイララウドか? ほかのだれかか? あなたにはけっしてわからない。そっちの負けだ」

ホルムは武器を胴体だけのロボットに向けた。

「わたしに教えるんだ」

「それだけは絶対にしない!」

ロボットは笑い、胴体からちいさな閃光がはしった。セラミック粒子でおおわれた生体の塊りの色が変わり、やがて黒くなった。

ホルムは数歩引きさがった。この胴体をそのまま放置することはためらわれた。トリックかもしれないから。だがドロイドは本当に炎上してしまった。かれは自分自身を破壊したのだ。

*

通廊の分岐点でアルバート・ホルムは躊躇した。どちらに曲がったらいいのだろう。

司令室に行こうか？

アフラブ・アルダハンがかれらの仲間だったらどうなる？　かれは自問した。

不安だ。これまで以上に罠にかかりそうな気がする。ドロイドの言葉はこたえた。かれは自信がもてなくなり、だれを信じていいのかわからなくなっていた。

アフラブ・アルダハンはやつらの手先だ！　突然ひらめいた。

船長ははじめから奇妙な印象ではなかったか？　うまく言葉にできない感情のために、かれに警戒感をいだいたのではなかったか？　かれとのあいだに見えない壁があると感じたのでは？

ザルロ・イルグリッズとエイラウドのところに行って、話してみよう。かれはそう決心したが、すぐにその考えをしりぞけた。かれらもやはり信用できないからだ。

対策はただひとつ。《イカルス》のシントロニクスに助けてもらおう。人間ではなくドロイドだと明らかにする可能性は、おそらくそれしかない。

《イカルス》に行きたいのだが、どうすればいいのか、かれにはわからなかった。本能的にインターカムのスイッチを入れて、行き方をたずねようとした。だがかれはあげた手を引っこめた。

この宇宙船のシントロニクスがその問い合わせに反応し、ドロイドに伝えるかもしれないじゃないか。かれはそう自分にいいきかせた。そんなことになったら、やつらは

《イカルス》に先まわりし、そこでおまえを待ちうけているぞ。

ほとんど打つ手がない状態だ。

かれは壁によりかかり、記憶を呼びおこした。どの経路だったのか、《イカルス》から食堂にどうやって通されたのか。それをたどれば自分の宇宙船に行く方法がわかるのではないだろうか。かれはいちばん近くの反重力シャフトに行き、下におりた。あるハッチに近づいたかれは、それが正しい通路だったと知った。そのハッチには窓があり、そこからすぐにわきの方向に進んだ。

《イカルス》に通じるエアロックの前で、戦闘ロボットが見張りをしている！

この状況では自分の宇宙船にもどれないことはすぐにわかった。

もうほかに選択肢はない。かれは食堂に行き、そこでザルロ・イルグリッズかエイラウドと話をしなければ。どちらか一方がドロイドかもしれないという危険を承知で。

それとも両方か！ 上にあがる反重力シャフトでかれは考えた。

かれは服の下に手をいれて、コンビネーション銃の存在を確認し、すこし気をおちつけた。

場合によっては銃で撃つのみ。そう心に決めた。だれかがドロイドだとわかったら、やることはひとつ。

食堂に近づくと、かれの歩みはゆっくりになった。どのような場面がかれを待っているのか、思い浮かべてみた。友たちはまだくつろいでテーブルについているだろうか？それとももう食卓はかたづけられているだろうか？　エイララウドとほかの面々は浮かれて飲んでいて、危険な状態にあることも知らずひとときの自由を謳歌しているのだろうか？

かれは何回も振りかえった。食堂の前で合流している通廊のひとつから攻撃されるのではないかと恐れていたからだ。通廊が終わる数メートル前で、かれは立ちどまって耳を澄ました。船内は完全にしずかだった。近くで待ち伏せている者の息の音も、食堂の友たちの声もしない。

扉の前でかれはもう一度うしろを見た。この位置からはすべての通廊を見わたせる。だれもいない。待ち伏せできる場所もない。

かれは扉を開け、なかに入った。

食堂にはもうだれもいなかった。だがちょっと前まで大勢がいて、食卓についていたのは明らかだった。食べ物がテーブルに散乱している。倒れている器もあり、飲み物が流れ出している。床に倒れている椅子もある。どれを見ても、人々があわてふためいてここから出ていったことをしめしている。

アルバート・ホルムは動揺してかぶりを振った。警報は聞こえなかった。なぜみんな食堂から大あわてで出ていったのか？

その説明が思いつかない。

部屋の目だたない場所でコップが床に落ちた。ホルムは武器をとり、慎重に食堂に入っていった。

甘いにおいのする飲みのこしのビールの横で、アルコン人が床に寝ている。酔っぱらって思うように動けないらしい。ビールが半分ほどはいった杯を手にとろうとしているが、うまくいかない。

ホルムは足で杯をわきに押しやった。

「お楽しみは終わりだ」と、かれ。

酔っぱらいは目を開け、かれを見た。男の目は暗赤色だった。

「なにか飲み物をくれないか」男はまわらない舌で要求した。

ホルムはアルコン人の上に身をかがめ、その胸ぐらをつかんで力いっぱい引っぱりあげた。椅子にすわらせ、頭から氷のように冷たい水をぶちまける。アルコン人は悪態をついて跳びあがったが、またすぐに椅子のクッションに沈みこんだ。みっともないうめき声をあげながら、かれは両手でこめかみを押している。

「ほかの者たちはどこだ？」エンジニアがたずねた。

酔っぱらいは答えようとしたが、意味のある言葉が口から出てこない。かれは踏んばってからだを起こし、よろよろ歩いてテーブルまで行き、水を飲んだ。それから椅子にもどってきてまたすわった。

「答えがほしい」と、ホルム。「すぐに答えるか、そうじゃなきゃ殴って答えを引きだすまでだ」

アルコン人はようやくかれに気づいたらしい。目を見はって、ふたたびうなり、それから扉を指さした。

「かれらは運びだされた」と、かれ。「全員だ」

「運ばれた？」ロクヴォルトの男はいぶかしんだ。

「そうだ、そういうことだ」と、酔っぱらいが念を押した。「わたしはテーブルの下にかくれていた。それで気づかれなかったんだ」

「なぜ運ばれた？　なにが起こったんだ？」

「わからない」アルコン人はようやくいった。ホルムはまたかれを引っつかんだが、この男にたずねても意味がないとすぐに気づいた。酔っぱらっているのだから。

ホルムはみながどこに運ばれたか訊こうとしたが、それをやめて扉のほうに行った。答えはひとつしかないからだ。医療センター！

出された食べ物のなにかがよくなかったのだろう。おそらくテラのスパイが一部に毒を盛り、シラーダの戦士たちを排除しようとしたのだ。かれとこのアルコン人だけにはなにも起きなかった。この男は幸運だったのだ。毒入りの食事はかれが食堂を出て、酔っぱらったアルコン人がテーブルの下に寝そべったあとに配膳されたのかもしれない。

かれはなにが起き、友らがいまどのような状況なのかを知らなければならない。できるのであればかれらを助けなければ。

かれは武器をチェックして異常がないことを確認してから通廊に出た。

自分は監視されているのか？　中毒患者のなかに自分がいないことがすでにばれただろうか？　船長はどういう挙に出たのか？　自分たちの宿敵が船内にいると、ようやく理解しただろうか？　それともかれ自身がその敵なのか？

ホルムは走りだした。医療センターがどこか、長く考える必要はなかった。ヒューマニドロームを建設するときに、かれは宇宙船のプランを充分に学んだのだった。これらを手本にして設計するためだ。どこに行くべきか、かれはわかっていた。

反重力シャフトに急ぎ、それから上にのぼった。シャフトを出たかれは、通廊に男がひとりいるのに気づいた。あわててわきにかくれ、男が消えるまで待った。それからまた用心して進んだ。

すぐに赤十字のマークが見つかった。医療センターの入口の表示だ。

かれは躊躇した。

かんたんにステーションに入っていいものだろうか？　絶対に会いたくない連中になかでばったりと出会う確率はかなり高いのではないか？

かれはわきのハッチを開け、そこからちいさなキャビンにはいった。検査室だ。壁ぎわに患者が横になるためのベッドがある。その上に医療ロボットの部品が壁から突きでている。デスクの上には記録が山のように積まれていた。ホルムはこうしたものすべてに関心がなかった。かれの視線は魔法にかかったようにインターカムに引きよせられた。

ちょっと考えてから、かれは室内をくわしく調べた。すぐに壁から出ている引き出しに気づいた。なかにはかれの目的に使えるような医療器具がいくつか。それをとりだして、インターカムに向かった。

エンジニアをしていたのはずいぶん昔だ。忘れていることも多い。だが囚人時代に板ばりベッドで眠れぬ長い夜をすごしているとき、頭のなかで仕事をする方法を模索し、それを見つけたのだった。

自分にむずかしい技術の課題を出し、頭のなかで実行する。慎重にことを進め、自分の知識の大部分をそうやって維持してきた。それは《イカルス》の修理に非常に役だったばかりではない。いまインターカムを操作し、めんどうなこまかい作業によってポジトロイクスやシントロニクスの回路を変更するのにも有効だった。

作業はかなり困難だったが、それでもインターカムの改造に成功した。これでかれは、宇宙船の中央シントロニクスに気づかれずに、警報を作動させることなくインターカムが使えるようになった。

二時間後に作業を終え、アルバート・ホルムはほっとして器具類を置いた。何回か行ったりきたりして、両腕をぶらぶらさせて緊張をほぐす。

それからかれはためらった。

細工したインターカムで、切り替え操作を行なえば、インターカムのモニターに自分の顔がうつしだされずに医療センターのようすが見られるようになった。センターの要員はだれひとりとして、かれが見ていることに気づかないだろう。その点については、なにひとつ心配はない。

だがかれをためらわせたのは、そのことではなかった。

自分の希望を完全に打ちくだくようなものを見てしまうのではないかと、不安だったのだ！

レタンの正体を知ったときのショックはまださめていない。

しかたがないじゃないか！ かれは絶望しながらも考えた。おまえは見なければならない！

《イカルス》の入口に戦闘ロボットがいなければよかったものを！ ロボットをやっつけられたら、すぐにLFG船からはなれて飛びたてたのに。

かれはインターカムのところにもどり、スイッチを入れた。次の瞬間、モニターが明るくなり、医療センターの一部をしめすホログラムがあらわれた。

ホルムは思わず息をとめた。
センターは満杯だった。いたるところに意識を失ったシラーダの戦士が横たわってい
る。何名かはロボットの治療を受けていた。だがホルムは最初はそれに気づかなかった。
すぐに目に入ったのは船長のアフラブ・アルダハンと若いブルー族の女エイララウドだ。
ふたりはならんで立って、さかんに話をしている。
ホルムは気分が悪くなった。かれはインターカムからはなれ、ベッドにすわった。
アフラブ・アルダハンとエイララウドは中毒症状がなく麻酔もかけられていない。偶
然なのか、それとも意図的にやったのか？　かれらはどの食べ物と飲み物を避けるべき
か知っていたのか？
もちろんさ！　かれは気づいた。自分だって、船長が選んだ肉と野菜だけを食べたじ
ゃないか。ほかのものは口にしなかった。それで自分はあの医療センターではなく、こ
こにいる。
船長はドロイドではないだろう。そうでなければ用心して選んだりせずに食べ物をと
っただろうから。
ドロイドではないが、裏切り者だ！　テラ政府のスパイだ。そしてエイララウドはか
れとつるんでいる。

8　真実

アルバート・ホルムは両手で顔をおおった。自分が理性を失う寸前だと感じたからだ。

どう考えたらよいのか、もうわからない。

なにが真実なのか？

自分はすべてを正しく認識しているのか？　あるいはシラーダ、ＬＦＧ、テラ防諜組織といったさまざまな組織の陰謀にはまってしまったのか？　すべてが自分が思っていたのとはまったくちがう流れなのか？

かれらはわれわれの友になにをしているのか？　突然かれの頭に声が聞こえた。おまえはそれを知らなければならない。真実はどこにあるのか、おまえが明らかにしなければ！

かれはベッドからおり、インターカムに向かった。モニターは非常にちいさいので細部を見わけるのはむずかしい。

ホルムの注意はザルロ・イルグリッズの子供たちのひとりに向けられた。その子はホルムの視野にはいっている医療ロボットの下に横たわっている。ちいさな金属カプセルを持ったロボットの手が子供の頭に近づき、それを脳に埋めこんでいるところだ。

ホルムは気分が悪くなってきた。かれはわきのほうにからだを回転させ、苦しい息づかいで肩を壁にもたせかけた。

思いどおりにあやつろうとしている！　かれは心のなかで叫んだ。シントロン制御装置を脳に埋めこみ、自分たちのいいなりになる道具にしようとしているんだ。

エンジニアはふたたびモニターを見られるようになるまで、すこし時間を要した。

手術が終わったその子は、反重力ベッドで浮遊しながら運びだされた。こんどはアコン人が医療ロボットの下に横たわり、ロボットはアコン人の髪の毛を剃って、手術する場所の準備をしている。ホルムは頭蓋冠が開かれ、アコン人の脳があらわになって、シントロニクスのカプセルが埋めこまれるさまを見た。

全身が震え、ハッチまで移動したいのに両足で歩くのに苦労するほどだった。

かれはこれ以上一秒たりとも船内にいたくなかった。もうほかに選択肢はない。自分が助かるには、《イカルス》に行くしかない。

シラーダに対する裏切りだ。ここが安全だなんて、とても思えない！

かれは自問した。自分が強引に医療センターに侵入してエイラウドと船長をすばやく撃ちたおせば、最悪の事態から友を守れるのだろうか。

ふたりは裏切り者だ。だがふたりだけだろうか？　この宇宙船の乗員がすべて一味だということも考えられるのでは？

かれらを攻撃しても見こみがないかもしれない。

唯一の希望。それは《イカルス》だ！

アルバート・ホルムは動きをとめた。もうほとんど立っていられなかったのだ。そこでもう一度横になり、目を閉じて考えた。

船内のどこにも武器がある。壁の棚にかくされているのだ。それをとりだし、正しく使いさえすればいい。そうすればなんとかなる。

もうためらわなかった。希望が新しい力をあたえてくれた。かれは立ちあがってキャビンを出た。

友らを助けるという考えはまずは棚あげした。このクラスの宇宙船の乗員全員を相手に戦うことはできない。それは見こみのない無謀なくわだてというもの。

かれは医療センターのあるデッキを出て、反重力シャフトで下におりた。それから壁の棚を調べ、すぐに必要な武器を見つけだした。重ビーム・ライフル二挺《ちょう》だ。それを肩にかつぎ、数時間前と同じ通廊を使って《イカルス》に近づく。自分の宇宙船のすぐ手前のハッチに着いたとき、かれは用心深く窓ガラスをのぞいた。戦闘ロボットは依然として《イカルス》のエアロックの前に立っていたが、かれのほうを見ていない。

ホルムはビーム・ライフル二挺の片方を床に置き、やはり壁の棚から持ってきたちいさな部品を使って、戦闘ロボットに照準をさだめた。慎重を期したことはいうまでもない。かれはくりかえしハッチの窓のところへ行き、自分がミスをしていないか確認した。一発めを命中させないと！　そう何度も自分にいいきかせる。

小型のコンビ銃でビーム・ライフルの床尾を床に溶接し、動かないようにした。それから無線制御できる引き金を銃に設置。複雑な作業だが、この準備には数分しかかからなかった。ハッチにもうひとつの遠隔制御装置をとりつけ、作業は終了。それから急いで反重力シャフトにもどり、横の連絡路を通ってやはり《イカルス》に通じる通廊に行った。

ハッチの窓からのぞき、かれはロボットが背中を向けていることを確認してほっとした。二メートル以上もあるがっしりとして人間の姿をしたロボットだ。照明エレメントの光を反射してきらきら光っている。その武器アームは床の方向に向いていた。

ホルムはロボットがどのくらい迅速に反応し、どのくらいのインターバルで行動できるのか知らなかった。

ロボットを出しぬくのに充分な準備ができているだろうか？

エンジニアは船長とエイラウドがまだあらわれないのが不思議だった。かれらは自分を探していないのか？　食堂にいなかったことが気にならないのか。それともかれがまだ医療センターに運ばれていないことに気づいていないのか？　なにしろ手術しなきゃならない対象者はたくさんいるからな。

その可能性はある！　かれは自分をおちつかせた。

かれはビーム・ライフルを手にとり、目盛りを最強にして安全装置をはずした。それからハッチの前に立ち、武器を右手に持ち、いつでも使えるようにしたうえで、遠隔制御装置で近くの通廊のハッチを開けた。戦闘ロボットからは絶対に目をはなさない。ロボットがからだを回転させたのを見て、隣りの通廊のビーム・ライフルを作動させた。太陽のように明るい閃光がロボットに向かってはしり、ロボットも同じ瞬間に撃ったが、閃光のほうがはやかった。ホルムはロボットがわきに投げとばされるのを見た。

かれは左手でハッチのコンタクトディスクを押し、ビーム・ライフルをかまえた。目の前に隙間があくと、かれは発射した。

ぶつかってきたエネルギーの力で戦闘ロボットはバランスを失い、片膝をついた。すぐにロボットは前の姿勢にもどって立ちあがったが、ホルムに背中を向けた。

エンジニアはすばやく狙いをさだめ、まぶしさで目がくらまないように目を閉じ、撃った。

すさまじい爆発音。ロボットの背中から、炎があがっている。

アルバート・ホルムは多目的アームバンドを口にあて、叫んだ。「《イカルス》、助けてくれ！」

かれの宇宙船のシントロニクスは期待以上に迅速に反応した。こうした事態にそなえていたかのようだ。

エアロックのハッチが開いた。同時にもうもうと煙を出しているロボットがぐらついた。だが見えない力がかれを持ちあげ、エアロックへ引きよせた。そのときハッチがふたたび閉まった。ハッチは横にスライドして戦闘ロボットを巻きこみ、ロボットは壁とハッチにはさまれてつぶれてしまった。

エンジニアは驚きのあまり、数秒ほどしりごみしてしまった。ハッチがふたたび開き、ロボットの残骸が床に落ちるのを見て、かれはようやくわれに返った。

「すばらしい！」と、叫んで、かれはハッチまで走った。ロボットの残骸のうえに身を乗りだし、ハッチの範囲から引っぱりだした。船内にはいりしだい、ハッチを閉められるようにするためである。

「バーティ、時間をむだにしないでください」シントロニクスの声がかれに警告した。

かれは立ちあがり、船内に入ろうとしたが、麻痺したように立ちどまってしまった。

アフラブ・アルダハン、エイララウド、すくなくとも二十名の乗員たちがエネルギー銃をかまえてかれのほうに歩いてくる。

「動くな！」ブルー族の女がいった。「ハッチが閉まったら、あなたは死ぬ」

「待ってくれ」ホルムはシントロニクスに懇願した。

「この状況では行動できません」と、コンピュータが答えた。「あなたの生命を危険にさらしてしまいます」

医療センターの映像が急によみがえった。

「それがどうだっていうんだ」かれは叫んだ。「あんな手術をされるんなら、死んだほうがましだ！」

かれは踵《きびす》を返し、《イカルス》の船内に逃げこもうとした。

だれかがパラライザーを発射。ホルムは一撃をくらったと感じ、急に両足がなくなったような感覚になった。かれは突然床に倒れこみ、ほんのすこし滑って進み、それからあおむけになった。

絶望してベルトのコンビ銃に手をやったが、アフラブ・アルダハンがすでにそばにきていた。船長は身を乗りだし、ホルムが引き金をひく前に、武器を奪った。

「やめるんだ」かれはやさしげなほほえみを浮かべていった。「アルバート、あなたはわれわれにとって価値のある男だ。こんなばかげたことであなたを失いたくない」

かれのなかで希望が芽ばえた。

勘ちがいしていたのだろうか？　自分が考えていたことはみんなちがっていたのか？　ザルロ・イルグリッズ、オッジルらの手術はかれとは関係ないのか？

かれはザルロの証言でロクヴォルトの懲罰収容所に送られ、ザルロを長いあいだ裏切り者だと思っていたことを思い出した。かれはその疑いを晴らし、自分にはなんの罪もないとホルムに納得させた。五十年間も会わず、そのあいだに完全に変わってしまっていたかもしれない者にだまされたのではないか？　ザルロとかれの子供たちに対する処置は、妥当なものだったのか？

アルバート・ホルムはまず船長を、それからエイララウドを見た。どう考えたらよいのかさっぱりわからない。

「かれを医療センターに運べ」と、アフラブ・アルダハンが命令した。

エンジニアは驚愕した。

「わたしになにをするつもりだ？」かれはつかえながらいった。

「あなたは足にけがをしている」と、エイララウド。「パラライザーで麻痺しているから、自分では気づいていないだけよ」

かれは身を起こして足を見ようとしたが、うまくいかず、手で膝まで触ってたしかめることしかできなかった。

「しずかにしているんだ」船長がほほえみながらいって、かれの肩をやさしくたたいた。

「すべてうまくいくさ」

「どうして急に狂暴になったの？」エイララウドがたずねた。「そんなことをする理由がないでしょ」

「あなたたちはザルロやほかの連中になにをしたんだ？」かれはたずねた。

「ああ、そのことか！」アルダハンはため息をついた。「それでわかった」

「わたしはあなたたちを監視したんだ」と、ホルム。「インターカムに細工をしてね」

船長はうなずいた。

「それでわれわれと船内の状況をまったく誤解したんだな」と、かれ。「それはもう大丈夫だ」

かれはほかの者たちに手で合図をして、ホルムを慎重に運ばせた。

「足を撃ってすまなかった」かれらのうちのひとりがそういって、同情するようにかれを見た。

ホルムはおちつかなかった。危険が迫っていると肌で感じる。船長と乗員が好意からかれにそういっているとは信じられない。

自分がけがをしているということすら、信じられない！

やつらは嘘をついている！　ここからどう抜けだそうか考えながら、かれは絶望感に襲われていた。なぜ真実をいわないんだ？

かれらはホルムを反重力担架《たんか》に寝かせ、上の医療センターに運ぶあいだ、黙って横につきそっていた。

「あなたたちがザルロ・イルグリッズたちの脳に埋めこんだカプセルは、なんなんだ？」かれは質問した。

「まだわからないの？」彼女がいった。「ザルロとほかの連中はテラ政府のスパイなのよ。わたしたちはそうやってかれらを排除しているの。危険が迫らないように」

「わたしはそうは思わない」かれは反論した。

「なぜわたしが嘘をつかなきゃいけないの？」

たしかにそうだ！

彼女はおまえに嘘をつく理由がない。かれはそう考えた。すくなくともいまは。おまえは抵抗できない状態だ。それなのになぜ嘘をつかなきゃならない？

「なぜいまになって？」かれは不安になって探るようにエイラウドを見た。「それならなぜザルロをもっと前に無害化しなかったんだ？」

「あなたがいまになってあらわれたからよ」と、彼女は答えた。

アルバート・ホルムはその言葉にあらがえなかった。緊張がほどけていく。

「ザルロ・イルグリッズが裏切り者だったなんて、信じられない」と、かれは白状した。

「考えてもみて」彼女がうながした。「あなたが囚人キャンプにつながれていたというのに、なぜかれが自由を謳歌できたと思う？　あなただってそれを疑ったでしょ。でもあなたはいともかんたんにザルロにいいくるめられた。よくわかるけれどね。長く囚人生活を送っていれば、明白なことまで信じられなくなるもの」

アルバート・ホルムは目を閉じた。

心が痛い！

あれほど長いあいだ疑っていたのに、かれはザルロを信用してしまった。そしていま、ザルロが友だといって自分を偽ったと知らされたのだ。

ホルムは自分のことがよくわからなくなった。

なぜガタスに飛んだんだろう？　かれは自分を責めた。自由に暮らせるどこかの惑星に行くことで満足すればよかったじゃないか？　エシュラクサンから解放されたくて、かれを無人の惑星に降ろしてきた。だが逆のことをすべきではなかったか。わたしがあの惑星にのこり、かれを《イカルス》で去らせてしまえばよかった。隠者として生きていれば、こんな経験はせずにすんだ。そのほうがもっといい人生だったろう。

医療センターにはすでにだれもいなかった。ザルロ・イルグリッズとほかの者たちは消えていたが、かれはそのことをたずねもしなかった。

「かれをメド＝3に収容しろ！」アフラブ・アルダハンが命令。

ホルムは、ロボットがけがをした足を治療するためにズボンを脱がせるのかと思っていた。しかし、かれらはホルムのベッドからはなれ、かれの腕と足に鋼製の固定具をつけた。ロボットアームが音をたてて頭の上におりてきて、分子破壊装置のグリーンの光が髪を剃っている。

「なにをしているんだ？」驚愕してかれは叫んだ。

「おちついて」と、船長。「なんでもないから」

「カプセルを脳に埋めるつもりか」かれはつかえながらいった。「やめてくれ、お願いだから。やらないでくれ」

「全身麻酔が必要なようだな」と、アフラブ・アルダハン。「ほかの連中のように局部麻酔でいいと思ったが、かれは興奮しすぎている。これでは手術そのものが危険だ」

「なにをしようとしている？」かれは激怒して手かせと足かせにつながれた状態で抵抗した。「そんなものをわたしの脳に埋めようとして、わたしがじっと耐えると思っているのか？」

「そのほうがあなたにはいいわ」と、エイララウド。「わたしたちの経験では、患者はしずかにしていたほうが、手術がうまくいくのよ。局部麻酔の場合の話だけど。そんなに興奮すると、よくないわ」

「〝わたしたちの経験〟！」かれはうなった。「この手術をそれほどひんぱんにしているのか？」

　彼女はかれにぴったり近よって、見おろした。

「かなりひんぱんにね」と、彼女。「どう考えていたの？」

「どう考えていいのか、わからなくなってきた」

「かんたんなことさ」と、アフラブ・アルダハン。かれも近くにやってきていた。「われわれの組織の名前がすべてを物語っている」

「シラーダ、〝罠〟という意味よ！」

「おわかりかな」と、船長。「シラーダは罠だ。われわれはこの抵抗組織を百年以上前に設立した」

「われわれ？」ホルムは絶望のあまり、血が出るまで唇をかみしめた。「われわれとは、だれなんだ？」

「正確にいえばネーサンだ」アフラブ・アルダハンは説明した。「ネーサンは、抵抗運動をしようとする者をおびきよせようと、シラーダをつくった。そうやってテラ政府ばかりかネーサンを攻撃し、やっつけようとする多くの者たちを集めた」

「かれらはシラーダと協力すれば、さらに目標に近づけると信じたの」と、エイララウド。

「だが実際はその逆だった。あなたがそうだったようにね。シラーダは敵の罠だったわけだ。百年以上前から、かれらはちいさなシントロン・カプセルを埋めこまれたのち、ジェヴォニアに連れてこられていた」船長が説明を引きついだ。「ジェヴォニアでは必要なものはすべて手にはいる」

「必要が生じると、われわれはかれらをそこから連れだし、スパイとして働いてもらう。かれらはわれわれの思いどおりに行動してくれる。そうやって徐々にすべての反逆者や暴徒を集めていったのさ」

アルバート・ホルムはすがるように船長を見た。

「やめてくれ」かれは懇願した。「わたしはすでに充分苦しんできた。抵抗はあきらめる。それとは関わりをもたない。わたしは平和に暮らしたいだけなんだ」

「すべての者は、銀河系の支配者がのぞむように生きなければならない」アルダハンは答えた。「例外は許さない。手術に抵抗するな。やめる手立てはない。観念するんだ」

「そういうわけにはいかない！」だがホルムは、奈落に魔法の力で引きよせられるような気がした。「わたしは絶対に服従しない。絶対に！」

医療ロボットが緊急警報信号を出した。

「血圧とアドレナリン値が高すぎます」と、ロボット。「局部麻酔による手術は行なえません」

「やめてくれ」ホルムが叫んだ。「聞こえただろ。手術は無理だ」

「全身麻酔だ！」船長が命じた。「手術は計画どおり実施する」

ふたたびホルムは拘束具をはずそうと抵抗した。死への不安から、かれは鋼のかせから自由になるためにあらゆることをこころみたが、拘束具はますますきつくなり、さらにしっかりと手術台に押しつけられるばかり。

医療ロボットが麻酔薬を注射したとき、エンジニアはしゅっというかすかな音を聞き、うなじに不愉快な冷たさを感じた。

自分は負けたのだ。

テラの政権はシントロニクスのような確実性と正確さで仕事をしている。敵をすべてつかまえる完璧なシステムを構築したのだ。

それは嘘と陰謀と暴力とテロと隠蔽《いんぺい》からなるシステムだ。ヒューマニドロームのように巨大で、広範囲におよび、異様で得体《えたい》がしれず、罠と欺《ぎ》瞞《まん》でできているので、真の姿はよくわからない。支配領域である銀河系は防御壁にかこまれ、内側と外側の敵にはまったくチャンスがない。

なにひとつ信じるべきではなかった。麻酔薬が効いてきた。すべてが嘘だった。ヒューマニドロームでガルブレイス・デイトンが登場したときにはじまり、人々が歴史的な出来ごとと話していたこともみんな。だれも解きほぐすことができないほどからみ合った嘘。いいはじめた当人たちも解きほぐせないようなもつれだ。

虚無に滑りおち、無力状態になったような感覚。かれの思考は溶けて流れさり、逃れられないものに対する不安も消えた。

いつのまにかかれは意識を回復した。

この数日間、数週間の出来ごとは記憶にない。かれはロクヴォルトの囚人キャンプにいると思いこみ、まわりがしずかなことがすこし不思議だった。

五十年のあいだ、かれは囚人キャンプのすぐ近くに生息する鳥の声や肉食獣のうなり声をつねに聞いてきた。いまはなぜその音がしない？

その理由を知ろうとしたが、眠気に襲われるばかり。肝臓が麻酔薬をまだ完全に分解していないのだ。それでもう一度寝いってしまった。

ふたたび目ざめたとき、奇妙なことにかれは自分がどこにいるかすぐにわかった。それでもやはりまず考えるのはキャンプのことだ。この地獄を五十年もなぜ耐えぬけたのか自分でもわからない。キャンプにいたほとんどの囚人は十年ほどで正気を失い、精神錯乱に逃げこむというのに。

かれは目を開け、振りかえった。宇宙船の病人用キャビンにいる。横の壁から医療ロボットの金属アーム四本が突きでている。

手足を動かしていたが、なんの問題もない。

手術をしなかったんだ！　とっさにそう思った。いつもと変わらない気分だ。なにも変化がない。

ためらいながらも後頭部を触ってみる。髪のかわりにスキンヘッドがあるのはへんな気分だ。

後頭部に皮膚がふくらんでいる場所がある。指先で触れて、絆創膏《ばんそうこう》がはられ、すでにほとんど治っている手術跡を調べた。

開頭はしたが、なにかの理由で手術をやめたんだろう。かれはそう考えた。そうにちがいない。そうでなければ、こんなにはっきり考えられるはずがない。

慎重に起きあがったかれは、からだを動かすことができると気づき、ベッドからおりた。前と同じ服だ。

なにが起きたかわかればいいのだが。かれは思った。なにもしなかったのには、なにか理由があったにちがいない。血圧が高すぎたので手術できなかったのか。それとも手術できないような医学上の徴候があったのだろう。

かれははじめて笑みを浮かべた。

希望を失わなかったから理性をたもてたんだろう。完全に見こみのない状況でも希望を失わなかった。それがこれまで生きてこられた理由だ。

アルバート・ホルムは入口まで行って、ハッチを開けた。キャビンを出るのをためらっている自分に驚く。かれは笑った。

おまえはなにをしたいんだ？　自問しながら、ちょっと口笛を吹いてみた。かれらがおまえを閉じこめるはずないじゃないか？　かれらはそんなことができるはずがない。

かれはだれもいない通廊に出て、反重力シャフトに近づいた。そのときにべつの通廊をのぞくと、その先に明るい斑点のようなものがあった。

エアロックが開いているんだ、とかれは思った。われわれは着陸したんだ。おそらくジェヴォニアに。ちょっと見てみよう。

かれは反重力シャフトのまわりを一周し、制止されずに光のところまで行った。あいているエアロックまで十メートルの距離にきたとき、わきの通廊からブルー族がきた。ザルロ・イルグリッズだ。

「おお、旧友よ！」ホルムは勝ちほこった気分でいっぱいになって叫んだ。

ブルー族は振りかえったが、かれが見えないらしい。その目は空洞で光がない。

「ザルロ」エンジニアはびっくりしてささやいた。同時にブルー族が脳にシントロン・カプセルを埋めこまれたことを思いだした。ザルロはもはや生体ロボットにすぎず、ぼんやりつったっているだけなのだ。だがシントロン・カプセルの働きでいつでも起動できる。中央シントロニクスはプログラムを開発し、ブルー族はそれにしたがって動いているにちがいない。

そっとしてかれは目をそらし、反応しないザルロ・イルグリッズのわきを通りすぎた。かれはエアロックの縁にはいり、外を見た。これほど美しい光景を見たことがなかった。ＬＦＧ船は手入れのいきとどいた庭園のような風景に着陸し、それが地平線までのびている。造園家たちは真のパラダイスを構想し、かれがこれまで夢みていたものすべてがそこにあった。花々が咲きほこる花壇、秘密の生け垣、あらゆる要望にこたえるスポーツ施設、銀色に輝く湖、さまざまな動物たちがいる多彩な風景。

「さあ、行って！」よく知っている声がかれに要求した。「外に出るのよ。反重力フィールドがあなたを下に運ぶから」

かれは振りかえった。エイラウドがゆっくりと近づいてきた。腰を軽く振って歩いている。

「あなたたちはなにもしなかったんだな」ホルムは勝ちほこったようにいった。「わたしは強すぎたのか」

「あなたは強いわ」と、彼女。「だからわたしたちはあなたを選んだの。わたしたちのためにもっとたくさん重要な仕事をしてもらうために」

「わたしの意志に反して？」かれは笑った。「とんでもない！」

かれはエアロックを出て、反重力フィールドに運ばれ、ふんわり下降した。上を見るとエイラウドが見えた。彼女はエアロックに立ち、片腕をわきに突っぱってからだを支えている。

かれは笑った。

「とんでもない！」かれはくりかえした。

「わたしたちはすぐにスイッチを入れないの」彼女が答えた。「数時間ほど待つのよ」

彼女がカプセルのことをいっているのがわかった。地面に到達したかれは、麻痺したように立ちつくした。うしろから足音がする。躊躇しながら振りかえると、次のショックに襲われた。

「デニ」かれは言葉につまった。とっさにかれは両腕をひろげ、妻を抱きよせた。

彼女の目は空虚で光がなかった。彼女はかれに気づかず通りすぎていき、その瞬間に周囲の風景が変わった。

最後の幕がおりた。

アルバート・ホルムはついに真の風景を見たのである。

それは見せかけの公園ふうの風景ではなかった。人間の手がまったくはいっていない原始林だ。蔓植物が一面に生いしげっている木々の下に、丸太でできたほったて小屋がわずかにあるのみ。

涙がこみあげてきた。

この瞬間まで、かれは銀河系のどこかにわずかながら自由はあり、生きるに値いする場所があると信じてきた。

そんなものは存在しない。

テラの権力は絶大で、いかなる抵抗も認めない。

ホルムは振りかえった。数歩のところにデニがいた。ロボットのように動いている。

あぶらじみた髪の毛が肩にだらりと垂れていた。あちこちが裂けている汚いコンビネーションが、かつてはあんなに美しかったからだを申しわけ程度におおっていた。

ホルムはこうべをあげてエイラウドを見た。なにかをいおうとしたその瞬間、船内のだれかがカプセルのスイッチを入れた。

アルバート・ホルムの意識は死んだ。

かれの自我は無になった。

なにもかもが終わったのである。

あとがきにかえて

赤坂桃子

宇宙英雄ローダン・シリーズは言わずと知れたドイツ生まれの作品だが、ふと宇宙開発の分野ではドイツという国はどのような位置づけなのだろうと思い、調べてみた。冷戦中にアメリカ合衆国と旧ソビエト連邦（ソ連は一九九一年に崩壊）との間で熾烈な宇宙開発競争がくりひろげられたことは、よく知られている。一九五七年十月、ソ連が人類初の人工衛星、スプートニク一号の打ち上げに成功し、アメリカもこれに負けじと四カ月後に人工衛星エクスプローラー一号を打ち上げて、両国の競争はヒートアップしていった。しかし一九七五年、アポロ・ソユーズテスト計画でアメリカとソ連の宇宙船が最初の共同飛行を果たし、宇宙開発競争と一般に呼ばれている時代は終わった。

ドイツ人初の宇宙飛行士となった人物は、東ドイツ出身のジークムント・ヴェルナー

・パウル・イェーン（一九三七〜二〇一九）だ。第二次世界大戦後、敗戦国ドイツは西ドイツと東ドイツとに分断された。東ドイツ（ドイツ民主共和国）は、ドイツのソ連占領地域内にできたソ連の「衛星国家」であり、社会主義国家だ。一九七九年に東ドイツの建国三十周年記念式典で、ソ連のブレジネフ書記長と東ドイツのホーネッカー議長が社会主義者の友愛をあらわすキスを交わしたことは有名だ。このちょっとショッキングな場面を素材にして、後年に描かれたグラフィティは、今でもベルリンの観光名所になっている。それほどの蜜月関係だった両国だから、ソ連のソユーズに搭乗したドイツ最初の宇宙飛行士イェーンも、東ドイツの出身者だった。

ジークムント・イェーンは一九三七年、旧東ドイツ地域のザクセン州フォークトラント地方の小さな町に生まれた。チェコ国境のすぐ近くだ。ここで印刷職人として職業訓練をうけたが、その後、東ドイツの空軍に入隊。一九五八年には国家人民軍戦闘機隊のパイロットとなっている。一九六六年から一九七〇年にかけてはソ連に留学して、空軍アカデミー「ユーリイ・A・ガガーリン」でさらにパイロットとしての研鑽を積む。

こうしてイェーンは、一九七八年八月二十六日にソユーズ三十一号にソ連のブィコフスキー船長と乗り組み、サリュート六号有人宇宙ステーションでの任務を終えて、ソユーズ二十九号で地球に帰還した。宇宙滞在期間は七日と二十時間四十九分。帰還時はソユーズを交換し、ステーションにすでに長期滞在していた乗組員のほうがソユーズ三十一号に乗り組んだ。

二〇一〇年のMDR（中部ドイツ放送）の記事によれば、イェーンが宇宙に持っていった荷物には「ザントメンヒェン」が入っていた。ザントマン（砂男、眠りの精）を題材にした東ドイツの子供向け人形アニメ「僕らのザントメンヒェン」のキャラクターである。一方、宇宙ステーションのサリュート六号では、長期滞在クルーのウラジーミル・コワリョーノクが「マーシャ《Mascha》」を用意して待っていた。当時ソ連で人気があった茶色のメス熊のマスコットだ。東ドイツのテレビ放送局が、両者を周回軌道上で「結婚」させようと企画したのだ。イェーンも大いに乗り気で、その結婚式の場面は実際に撮影され、放映された。しかしソ連と東ドイツの親密な関係をアピールしようとしたこの企画は、一般受けしなかったらしく、ザントメンヒェンのキャラクターは結局その後も独身のままだった。いずれにしても、当時の東ドイツの子供たちにとって、宇宙飛行士が憧れの職業だったことはまちがいない。

地球帰還後のイェーンはたちまち国民の英雄となった。東ベルリンでは記念パレードが行われ、彼の名にちなんだ学校や通りができ、記念切手が発行され、カール・マルクス勲章、レーニン勲章を授与された。東西ドイツ再統一後のベルリン名誉市民となり、二〇〇一年には小惑星一七七三七が「ジークムント・イェーン」と名づけられた。

ここで、イェーンについて語る上で関係がある、冷戦時代の終結と東西ドイツ再統一について少し触れておきたい。

一九八九年十一月九日にベルリンの壁が崩壊し、それから東欧諸国では続々に共産党政府が倒れた。翌年にはドイツ再統一条約が調印され、東ドイツの州が西ドイツに編入されて、実質的にひとつのドイツになったのが一九九〇年十月三日である。

一九八九年十一月九日の夜、東ベルリン市民が西ベルリンに大挙して入る映像は、全世界のニュースで報じられた。若者たちが壁の上にのぼって、ハンマーで壁を叩き割ったり、歓喜の雄叫びをあげたりしている映像を覚えている人は多いのではないだろうか。

もう時効だから書いてもいいと思うのだが、一九八九年のあの日、東京では第一線で活躍しているドイツ語同時通訳者、逐次通訳者は出払ってしまって、各テレビ局はこのニュースを報じようにも翻訳をする人材が見つからない状態だった。ふだん実務翻訳者として、家で地味に技術分野や法律分野などの翻訳をしていた私まで引っぱり出された。わけもわからず言われるままに昼前に某テレビ局に入り、壁崩壊に関する最新のドイツのニュースを見せられた。そばにスクリプトの担当者がいて、さらっと「ここまで、なんて言ってました？」と訊くのだが、固有名詞とか地名だらけではっきり言ってほぼわからない。赤くなったり青くなったりしつつ、なんとかわかったことだけ伝えた（「訳した」などととても言えない）。それが私の感覚だと、ほぼ「瞬時」にニュースに仕上がり、私のあやしげな訳がもっともらしい字幕になって、正午に頭上のモニターから流れたときには、ニュース制作現場のプロの仕事ぶりに感嘆した。あのときの壮絶なまでの惨めさと悔しさが、その後の私の仕事の原動力になっているとも言える。

私には中学生の頃から文通しているドイツの友人がいる。旧東ドイツ領チューリンゲン州のごく小さな村で生まれ育った彼女と、二〇一八年にベルリンでおちあって二日間をともにすごした。ブランデンブルク門の近くをいっしょにぶらぶら散歩しているとき、「ドイツが東西に分かれていた時代のことや、ここに壁があったことすら知らない世代が増えている」と彼女が嘆いた。それはそうだろう。壁崩壊から三十年以上たっているのだから。

ベルリンの壁と言っても、なかなかイメージしにくいが、そもそも西ベルリンという都市は東ドイツの領土内に陸の孤島のようにぽつんと存在していた。面積にして四百八十平方キロメートル弱にすぎず、そこをぐるりと取り囲むようにして壁があったのである。

二〇〇三年に公開された映画「グッバイ、レーニン！」は、東ベルリンに暮らす一家が、ドイツの再統一に翻弄されていくさまを、ときにユーモアを交えて描いた作品である。一家の母クリスティアーネは、夫が西ドイツにひとりで亡命してから、かえって社会主義への傾倒を強め、ピオニール（旧東ドイツの少年団。ボーイスカウトやガールスカウトのようなもの）の指導者として活躍している。しかしある日心臓発作で倒れて昏睡状態となり、八カ月間意識を失う。ところがその間にベルリンの壁が崩壊し、東西ドイツは歴史的な転換点を迎える。

孝行息子のアレックスは、やっと意識を回復した母がショックをうけてまた病状を悪化させてしまわないように、あたかも政治体制に変化がなく、東ドイツが存続しているかのように偽装を行う。ドイツ人の食卓に欠かせない、きゅうりのピクルスの瓶詰めのラベルをわざわざ旧東ドイツ時代のラベルと張り替えるなど、なかなか芸が細かい。

ある日、アレックスは偶然乗ったタクシーの運転手が、宇宙飛行士にして国民的英雄のイェーンその人であることに気づく。イェーンは失職して、今はタクシー運転手として働いていたのだ。アレックスはイェーンに協力を依頼し、映像マニアの友人と結託して、母に見せるために偽のニュースを制作する。イェーンが、統一されたドイツの新たなトップという設定で演説するという、でっちあげ映像だ。この映画に登場する「イェーン」は、政治体制の変化という荒波に揉まれて人生が変わってしまった人物である。

翻ってほんもののジークムント・イェーンに目を向けてみよう。彼は映画とは異なり、東西ドイツ統一の前日まで東ドイツ空軍の将官として勤務しており、その後も欧州宇宙機関、ドイツ航空宇宙センターのコンサルタントとして活躍した。イェーンとともに宇宙飛行士の研修を受け、ソユーズ三十一号では彼のバックアップをつとめたエーベルハルト・ケルナーは、東ドイツの空軍アカデミー所長となったが、東西ドイツ統一後は西ドイツ軍（ドイツ連邦軍）への移行を拒んで役職から外れた。ケルナーとは対照的に、イェーンはその後も宇宙事業の表舞台で活躍しつづけたことになる。

イェーン自身はふたたび宇宙船に乗り組むことはなかった。しかし二〇二三年の時点で彼以外に十数名のドイツ人宇宙飛行士が誕生し、ロシアのソユーズやアメリカのスペースシャトルなどに搭乗して活躍している。

訳者略歴　上智大学文学部ドイツ文学科・慶応義塾大学文学部卒，翻訳家　訳書『神々の掟』フェルトホフ＆エルマー，『ポスビの継承者』エーヴェルス＆フェルトホフ（以上早川書房刊），『読書について』ショウペンハウエル他多数

HM=Hayakawa Mystery
SF=Science Fiction
JA=Japanese Author
NV=Novel
NF=Nonfiction
FT=Fantasy

宇宙英雄ローダン・シリーズ〈716〉

ヒューマニドローム

〈SF2451〉

二〇二四年七月 十 日　印刷
二〇二四年七月十五日　発行

（定価はカバーに表示してあります）

著者　H・G・フランシス
訳者　赤《あか》坂《さか》桃《もも》子《こ》
発行者　早川　浩
発行所　株式会社 早川書房
郵便番号　一〇一‐〇〇四六
東京都千代田区神田多町二ノ二
電話　〇三‐三二五二‐三一一一
振替　〇〇一六〇‐三‐四七七九九
https://www.hayakawa-online.co.jp

乱丁・落丁本は小社制作部宛お送り下さい。
送料小社負担にてお取りかえいたします。

印刷・信毎書籍印刷株式会社　製本・株式会社明光社
Printed and bound in Japan
ISBN978-4-15-012451-9 C0197